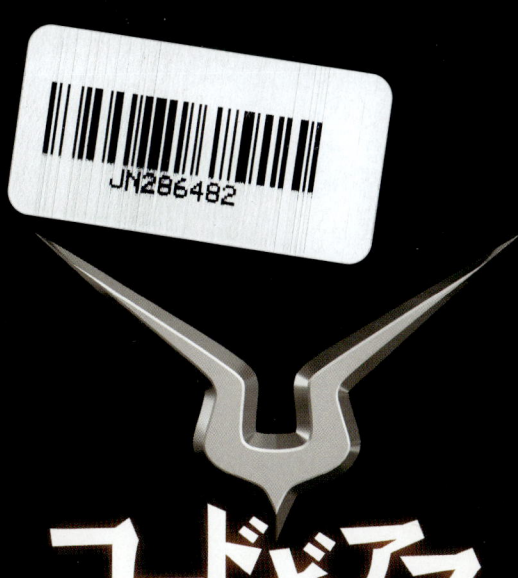

コードギアス 反逆のルルーシュ

CODE GEASS Lelouch of the Rebellion

STAGE-0-ENTRANCE

妹、ナナリーのため、神聖ブリタニア帝国の破壊を目論《もくろ》むルルーシュ。
一方、彼の友人、枢木《くるるぎ》スザクは帝国内での足場を築きかけていた。
既《すで》にこの時、先行《さきゆき》の命運は、
必然として約束されていたのかもしれない。

CODE GEASS Lelouch of the Rebellion
STAGE-0-ENTRANCE

コードギアス 反逆のルルーシュ
STAGE-0- ENTRANCE

ストーリー原案/
大河内一楼・谷口悟朗
著/岩佐まもる

角川文庫 14624

CODE GEASS
Lelouch of the Rebellion ①

CONTENTS

MAIN CHARACTERS

枢木《くるるぎ》スザク

首相・枢木ゲンブの息子。負けん気が強く、心を閉ざしたルルーシュと衝突を繰り返すが、やがて彼の心の扉を開く。父に威圧感を感じており、素直に近づいていけない。

ルルーシュ・ヴィ・ブリタニア

ブリタニア帝国の皇子でありながら、何者かに実母マリアンヌ王妃を殺され、日本の枢木首相の下に追いやられた少年。それは平和の保険なのか、単なる人質なのか？　すべてを閉ざした彼の瞳に映るものは……。

枢木ゲンブ

日本国総理大臣。ブリタニア帝国の圧力を受け、徹底抗戦の立場に立つタカ派。表向きルルーシュたちを庇護しているがその真意は……。

ナナリー

ルルーシュと同じマリアンヌ王妃を母に持つ。母親が襲撃された際、足の自由を失い、精神的なショックで光も失ってしまう。

カバーイラスト／木村貴宏　仕上げ／岩沢れい子

口絵イラスト／しんぼたくろう（中村プロダクション）・木村貴宏　仕上げ／斉藤麻由

モノクロイラスト／toi8

カバー・口絵デザイン／design CREST

本文デザイン／廣重雅也（CRESPI）

CODE GEASS
Lelouch of
the Rebellion

Interval

――2017・8・×× AREA11

私立アッシュフォード学園のクラブハウスには、わりと得体の知れない部屋が多い。

「元々、このエリア11校は開校してそんなに間がないからな」

と、生徒会副会長のルルーシュ・ランペルージは言った。

まっすぐな黒髪《くろかみ》に、どこか憂《うれ》いをおびた端麗《たんれい》な面立《おもだ》ち。

すらりと伸《の》びた体の線は細くもあるが、同時にこれ以上ないというくらい整っている。

学内の女生徒の人気を二分する一方の主役である。

「設立された当時、学校の活性化をはかるという名目で、わけの分からないクラブが乱立していた時期があったんだ」

「へえ」

と、ルルーシュの言葉に感心したようにうなずいたのは、色素の薄《うす》い髪をしたもう一人の少年だった。

背丈《せたけ》はルルーシュとそれほど変わらない。

子どものように目を輝《かがや》かせたその顔は、いくらか幼さを残している。

同じく生徒会に所属する枢木《くるるぎ》スザクである。

「でも、ルルーシュ。本館に入ってるクラブはそれなりにまともだと思うんだけど」

「だから、この別館は奇々《きき》怪々《かいかい》なクラブの巣窟《そうくつ》になった」

「……なるほど」

「カオスだぞ、ここは」

言いながらルルーシュは、濃《こ》いような淡《あわ》いような、不可思議な色をしたその瞳《ひとみ》に憂鬱《ゆううつ》そうな表情を浮《う》かべて、前方にのびる廊下《ろうか》を見やった。

窓もなく、両脇《りょうわき》に無機質な鉄の扉《とびら》だけがえんえんと並ぶ廊下。

明らかに薄暗《うすぐら》い。

いや、薄暗いどころか、道のはるか先は完全に暗闇《くらやみ》である。光がさえぎられている。

雰囲気《ふんいき》はまるっきり安手のホラーハウスだ。

いや、むしろ地獄《じごく》への入り口とでもいうべきか。

そんなことを思いながら、ルルーシュはちっと舌打ちした。

不機嫌《ふきげん》きわまりないといったその手には――。

大きなバケツ。

真新しいモップ。

隣《となり》のスザクも似たようなものだ。

違《ちが》うのは、スザクがかっちりした学生服の上から律儀《りちぎ》にエプロンを着けているのと、断固拒《きょ》否《ひ》したルルーシュが申し訳程度に薄いゴム手袋《てぶくろ》をはめていることくらい。

もう一度舌を鳴らし、ルルーシュは隣のスザクを振《ふ》りかえった。

「大体、なんだって俺たちが廃部《はいぶ》になったクラブの部室を掃除《そうじ》しなけりゃいけないんだ?」

スザクが困ったような笑《え》みを浮かべた。

「でも、創立記念日が近いし。会長さんの命令だし」

「その会長はどうした」

「えっと——お見合いだって言ってたかな」

「またか。毎度毎度、相手の男の股間《こかん》を蹴《け》りあげて破談に持ちこむんだから、ご苦労な話だよな。ニーナは?」

「実験が残ってるとか」

「また理科室を爆破《ばくは》するんじゃないのか。今度こそ退学だぞ。シャーリーは?」

「水泳部」

「そういや、大会が近いとか言ってたっけ。カレンは?」

「お休み」

「どこかで仮装パーティにでも出ているんだろう。あと、残りは……」

「リヴァル」

「痔《じ》だな」

「うん。痔だ。あのサイドカー、僕も一度乗ってみたいな」

「寿命《じゅみょう》を縮めていいのなら、お好きにどうぞ。――そうなると」

「ナナリーはだめだぞ、ルルーシュ」

「当たり前だって。となると、やっぱり駒《こま》はこれだけか……」

ルルーシュは深々とため息をついた。

一方、スザクはやけに楽しげな様子だった。

「いいじゃないか。面白そうな仕事だ。僕はわくわくしてる」

「そうか。俺は戦々恐々《せんせんきょうきょう》としている」

鬼《おに》が出るか蛇《じゃ》が出るか。

いいや。

鬼や蛇《へび》ならまだいい。可愛《かわい》らしい。

ルルーシュはそう思うのだ。

「スザク、最初の部屋は？」

「ちょっと待った。ええっと……ああ、これだ。七転八倒同好会《しちてんばっとうどうこうかい》」

「……いきなり、わけが分からないな。廃部になっているのか？」

「ああ。おととしの七月だね。でも、紹介文《しょうかいぶん》は残ってる。なになに——我々は七回転んで八回倒《たお》れる、そんな後ろ向きな団体である。我々の活動に勝利の文字はなく、我々の精神に克己《こっき》の文字はない。すなわち敗北主義と負け犬根性《こんじょう》が我々のポリシーであり、常にうつむいて歩く姿勢こそが我々の真価と言え」

「もういい。——頭が痛くなってきた。要するに、中の物を洗いざらい放《ほう》りだして焼却《しょうきゃく》すればいいんだろ。それで条件はクリアと。……どうせなら、部屋ごと火をつけてやりたいな」

「会長さんは、学園史の編集部にまわしたいから、資料関係は保存しておいてほしいみたいなことを言ってたけど」

「暗黒史を公表するつもりか。それこそ、まさかだな」

言いながら、ルルーシュは扉を開く。文字どおり手で開く。タッチパネル式のオートではない。いまどき手動なのだ。重たげな音を立てて、鉄製の扉が外に向けて開く。

中は——。

なにもなかった
白い壁面《へきめん》。ブラインドの下りた窓。

だが、それだけだ。

部屋は決して狭《せま》くはない。しかし、十メートル四方の室内に調度品の類《たぐい》は一切《いっさい》ない——もちろん、調度品以外のものも。

ただのがらんとした空間。

「なんだ」

ルルーシュはほっと息をついた。

手に持ったモップの柄《え》でこんこんと肩《かた》を叩《たた》きながら、開いた部屋の扉《とびら》から室内に足を踏《ふ》みいれ、

「でもまあ、こんなものだろうな。大体、もう二年も前に廃部になって——」

「ルルーシュ！　危ないっ！」

「え——わっ！」

突然《とつぜん》、背後からタックルしてきたスザクがそのままルルーシュを床《ゆか》へ引き倒した。強引《ごういん》に組み伏《ふ》せた。

なにを——。

そう叫《さけ》ぼうとした瞬間《しゅんかん》、ルルーシュの黒髪《くろかみ》の上を何かがシュンと通りすぎる。続いて反対側の壁《かべ》から響《ひび》く炸裂《さくれつ》音。飛び散る水滴《すいてき》。穿《うが》たれる銃痕《じゅうこん》。

静寂《せいじゃく》——。

「…………」

「……実弾《じつだん》じゃないな。水撃銃《すいげきじゅう》だよ。でも、殺傷力は結構高い」

あまりのことに言葉のないルルーシュと違《ちが》って、スザクのほうは妙《みょう》に冷静につぶやいた。

そうして、スザクは床に伏せたまま、制服のポケットからコインを一枚取り出し、それを宙に向かって放りなげ――。

シュン！

「っ！」

「やっぱりか」

コインはど真ん中から見事に撃《う》ちぬかれた。

「一定の高さに異物が侵入《しんにゅう》すると、センサーが感知して撃ちだす仕組みだ。なるほど、これなら確かに『うつむいて』歩くしかないのかな」

「の……のんきに解説している場合かっ！」

ようやくルルーシュは声をあげることができた。

「なんだ、この部屋は！　これのどこが同好会だ！」

「ははは。大丈夫《だいじょうぶ》だ、ルルーシュ。僕は訓練を受けた人間だ。これくらいのトラップなら」

「ほがらかに天然で返すなっ。学校のクラブハウスに軍事用のトラップがあること自体、普通《ふつう》じゃないだろ！」

「でも、それがこのクラブの規則だったんだろう？」

「……作ったやつの頭をかち割って、中身をトレースしてやりたいな。とにかく、外に出るぞ。スザク」

「え？　掃除《そうじ》は？」

「本気で言ってるのか？」

「まあ、外からシステムをオフにしてからのほうがやりやすいな。確かに」

「……そういう問題じゃない」

ルルーシュもスザクも身を低くしたまま、匍匐《ほふく》前進の要領で部屋のドアを目指した。

スザクが先、ルルーシュはあと。完全に抜《ぬ》け出したところで、ルルーシュがこれ以上ないすばやい動きで扉を閉めた。いや、部屋に向かって扉を叩きつけた。

バンという音が暗い廊下《ろうか》にこだまする。

「……ここは後回しだ。スザク、次の部屋は？」

「待った。ええっと——あった。これだ」

「何？」

「地雷《じらい》愛好会」

奇妙《きみよう》な沈黙《ちんもく》が二人を包みこむ。

やがて、ルルーシュが歯軋《はぎし》りをこらえて言った。

「……なあ、スザク」

「……なんだ、ルルーシュ」

「このまま、この建物を木《こ》っ端《ぱ》微塵《みじん》に爆破《ばくは》して、未来永劫封鎖《みらいえいごうふうさ》してしまいたいと思ってるのは俺だけか？」

「奇遇《きぐう》だな。僕も同意見だったりする」


それからも苦難の道のりが続いた。

どれほどの苦難だったのかというと、それはまあ、二人の格好を見れば想像できそうなものである。

「……なんで、こんな目にあってるんだ、俺たちは」

真っ二つに折れたモップを手に、穴の開いたバケツを肩に、ルルーシュが魂《たましい》の抜けたようにつぶやいた。

「……大掃除だからだろ」

焼け焦《こ》げたエプロンを着けたスザクは、これまた投げやりに応じた。

「掃除？　スザク。いまのところ、掃除が完了《かんりょう》した部屋は？」

「0だ」

「むしろ逆に散らかしてしまったかなーという部屋は？」

「いい数字だな。なんで、俺たちは生きてる？」

「たぶん、聖人君子じゃないからだろう」

「いい答えだ」

重たい足取りで次の部屋の前に立った。

扉《とびら》の前にかかった白いプレート。

「日本文化研究会——へえ、ここはまともだな」

「待て、スザク。カエルを愛する会が、部屋中ガマ油の精製工場だったことを忘れたか」

「土管クラブだけはよく分からなかったけどね。なんで、あんなにマイクばかり飾《かざ》ってあったんだろう……？」

そんなことを話しながら、扉を開いた。

いきなり中に入るようなことはしない。とっくに懲《こ》りている。

開いた扉の外から、二人はおそるおそる中をのぞきこんだ。

そして、

「十三」

「へえ」

と、うれしそうな声をあげたのはスザク。

「あ、待て。スザク」

と、あわててその手をつかんで引きとめようとしたのはルルーシュ。

だが、間に合わない。

すでにスザクは室内に入り、なにやら感慨《かんがい》深げに辺りを見回していた。仕方なく、ルルーシュもあとに続く。

「うん。ここはまともだよ、ルルーシュ」

「そうか？　これはこれでシュールな光景のように、俺には思えるが」

二人の意見にはそれぞれ根拠《こんきょ》も理由もある。

やや薄暗《うすぐら》い室内。

雑然と周囲に転がって――いや、廃部《はいぶ》となって以来、放置されたままの物。

いったいどうやって持ちこんだのか、そもそも、どこにそんなものがあったのか、窓際《まどぎわ》に置かれた赤い郵便ポスト。その隣《となり》には双子《ふたご》のように仲良く並んでいる馬鹿《ばか》でかい布袋《ほてい》像。壁《かべ》一面には『祭り！』と『天地無用』の文字が躍《おど》り、流れる水もないというのに鹿《しし》おどしが天井《てんじょう》から吊《つ》るされている。部屋の半分は古ぼけた畳《たたみ》が敷《し》かれていて、真ん中には火鉢《ひばち》と座布団《ざぶとん》。折り重なっている般若面《はんにゃめん》、無意味に垂れ下がっているいくつもの風鈴《ふうりん》、さお竹。

文化といえば文化だが。

がらくたの山、夢の島と呼ばれても不思議はない。

「わあ、見ろよ、ルルーシュ。けん玉だ」

「……いや。あのな、スザク」

「なつかしいなあ。──よっと」

がらくたの山から引っ張り出したそれを手に取ると、スザクは軽く手首をひねって、宙に玉を放《ほう》った。

すぽっと見事な軌道《きどう》を描《えが》いて玉が木の先に収まる。

しかも、それで終わらない。よっ、ほっ、と軽快なかけ声と共に、スザクは意思のない玉を意思があるかのように自由自在に操《あやつ》っていく。

「──あいかわらず、器用だな、お前」

「そういう君は、昔からこういうのは苦手だったな。むしろナナリーのほうが才能はあったよっ」

「ふん」

面白《おもしろ》くなさそうに鼻を鳴らし、ルルーシュは靴《くつ》を脱《ぬ》いで畳の上にあがった。

布袋像の横に立ち、壁に描かれた赤富士《あかふじ》の絵を眺《なが》めやる。

ふと──。

それに気づいた。

「あ……」

像と壁の隙間《すきま》にはさまっていたもの。

ざらざらとした手触《てざわ》り、ぷんと立ち込めるカビ臭《くさ》い匂《にお》い。
黄ばんだ紙面。
「どうした、ルルーシュ」
ケンダマをもてあそぶのをやめて、スザクも近寄ってきた。
不意に、その顔がこわばった。
別人のように目が鋭《するど》くなった。
ルルーシュが手にしている紙の束。
新聞である。
日付は——二〇一〇年八月一〇日。
号外。
見出しは、
『ブリタニア軍、日本へ侵攻《しんこう》』
静寂《せいじゃく》が室内に立ちこめる。

いつの間にか。

窓の外は雨になっていた。

曇《くも》ったガラスの上をぽつぽつと黒い水滴《すいてき》が斜《なな》めに走っていく。

「…………」

黙《だま》りこくったまま、ルルーシュが取り出した新聞を元の場所に戻《もど》そうとした。

そのとき、一枚が束から抜《ぬ》けて畳の上に落ちた。

「…………！」

「父さん……」

写真が載《の》っていた。

一人の男の写真が。

暗く翳《かげ》った瞳《ひとみ》、後退した額、厚い頬《ほお》の肉。そして、身にまとった――濃《こ》い緑色の軍服。

紙面のあちこちで、「療養中《りょうようちゅう》」の文字が躍っていた。

ルルーシュが畳から新聞を拾って、束に挟《はさ》む。そのまま元の位置に置く。

スザクは無言でその様子を見守っていた。

＊

「……雨だったな」

「え？」

「あの日も……雨だった」

「ルルーシュ……」

「雨は――だから、嫌《きら》いだ」

「……そう、かな」

＊

――だが。

そこから始まったことは、確かなのだ。

——Eight Years Before——

CODE GEASS
Lelouch of
the Rebellion

STAGE-0: 1-Previous Night

【神聖ブリタニア帝国《ていこく》】

二十世紀初頭、世界各地で大規模な領土拡張戦争を引き起こした統一国家。当時としては珍《めずら》しく、皇帝を頂点とした君主制を布《し》いていた。肥沃《ひよく》な国土にめぐまれ、強大な軍事力を背景に、列強を圧服。一時、その版図は世界地図の大部分を塗《ぬ》りつぶしたが、やがて――。

1

――2009・9・××　ブリタニア

――味方などいない。

どこにもいない。

天井《てんじょう》の高い出発ロビーで、彼らは二人きりだった。

歳はどちらも十をこえていないだろう。

車椅子《いす》に身を沈め、うつむいている少女と、その横で毅然《きぜん》と顔をあげ、辺りを睥睨《へいげい》している黒髪《くろかみ》の少年。

ビジネスマン風の男が、観光客風の若い男女が、孫と手をつないだ老夫婦《ろうふうふ》が、彼らの周囲を通りすぎていく。雑踏《ざっとう》はにぎやかで、雑多な人々であふれ、そこに出発時刻と到着《とうちゃく》時刻を告げる機械的なアナウンスがかぶさり、人の群れを追い立てている。分厚いガラスの向こうでは、次々と飛び立っていく無音の航空機。そして、内には人、人、人の波。活気はこの国が発展している象徴《しょうちょう》である。人の多さはこの国が豊かである証拠《しょうこ》でもある。

しかし、それでも彼らは二人きりだった。

彼らのそばに、「ヒト」などいなかった。

また、アナウンスが次の予定便と出発時刻を告げた。

それで、彼らの近くにいた背の高い人影《ひとかげ》が動いた。

黒いスーツ姿の男だった。

首筋にわずかに火傷《やけど》のあとらしい傷がある。

男は少年少女に歩み寄り、形だけは慇懃《いんぎん》に頭をさげた。

「ルルーシュ様、ナナリー様」

「………………」

「お時間でございます」

少女はうつむいたままだった。

そして、少年はただじっと相手の顔をにらみかえした。

「ナリタまでは私も同行いたします。機内で御用《ごよう》がございましたら、なんなりとお申しつけくださいますよう」

言いながら、色の濃《こ》いサングラスをかけた男は、少女の座った車椅子に手をかけようとした。

その瞬間《しゅんかん》だった。

「触《さわ》るなっ！」

力いっぱいの拒絶《きょぜつ》は、辺りを驚《おどろ》かせるのに十分だった。

急ぎ足で搭乗口《とうじょうぐち》に向かおうとしていた人々が、何ごとかと足を止めた。声を発した少年を振《ふ》りかえった。


サングラスの男の表情がわずかに動いた。

はばかるように周囲に目をやり、そうしてから、男は少年を見た。黒いレンズははっきりとした感情を映してくれない。だが、ちらりと非難するような気配が男の身体《からだ》から立ちのぼった。

少年は故意に無視した。

「ナナリーは僕が連れていく」

言って、少年は男を強引《ごういん》に押《お》しのけ、少女の車椅子に手をかけた。キャスターを下ろし、ゆっくりと車椅子を押す。男をその場に残し、背中を見せて歩きだす。

小さなその後ろ姿に向けて、サングラスの男が肩《かた》をすくめてみせた。

男は一度、首筋の傷に手をやり、それから距離《きょり》をとって、少年のあとを追いはじめた。

——味方などいない。

どこにもいない。

ここにも、そして、いまから向かうニッポンという名の国にも。

この世界のどこにも。

自分たち兄妹《きょうだい》に味方などいないのだ。


——あのとき、確かにルルーシュはそう思っていた。

＊

皇暦《こうれき》２００９年９月といえば、その極東の島国が壊《こわ》れかけの安穏《あんのん》と、望まない緊張《きんちょう》の真っ只《ただ》中《なか》にあった時期でもあった。

さかのぼること数ヶ月前、大陸全土を支配する神聖ブリタニア帝国《ていこく》は、貪欲《どんよく》で巨大《きょだい》な手のひらをインドシナ半島にまで伸ばし、またたく間にこれを軍事占領《せんりょう》。属領として自国の勢力範囲《はんい》に加え、新領土エリア10の設立を高らかに宣言した。

これに対し、ブリタニアと敵対するＥＵ、中華連邦《ちゅうかれんぽう》の二強国は即座《そくざ》に反応する。同盟国でもある二国は、膨大《ぼうだい》なサクラダイトの埋蔵《まいぞう》量を誇《ほこ》り、二勢力間で中立をうたう極東の経済大国、日本までも取りこんでブリタニアに対する経済制裁を実施《じっし》。さらには追従する発展途上国を誘《さそ》って、ブリタニアの船舶《せんぱく》をありとあらゆる海域で封鎖《ふうさ》。これにはブリタニア側も猛烈《もうれつ》に反発し、両陣営《じんえい》は互《たが》いの国境線でにらみあっている。互いに軍備の拡張と情報戦に熱中している。

そういう時代だった。

神聖ブリタニア帝国第十一皇子にして、第十七皇位継承者《けいしょうしゃ》ルルーシュ・ヴィ・ブリタニアが、その妹ナナリー・ヴィ・ブリタニアと共に日本に留学する――。

その噂《うわさ》が流れたとき、多くの人々は首をかしげた。

平時であれば分かる。

また、ごくまっとうな外交関係を結んでいる国同士であれば理解もできる。

しかし、そうではないのだ。

先のインドシナ紛争《ふんそう》の件で、それまでの中立の立場を捨て、EU、中華連邦と歩調を合わせた日本は、ブリタニアにとっていわば敵性国家になりつつある。

その敵国に、掌中《しょうちゅう》の玉を落とす――。

ブリタニアの、というより、父親である皇帝シャルル・ジ・ブリタニアの意図をはかりかねるのも無理はない。

加えて、ここで問題なのは、ルルーシュやナナリーがれっきとしたブリタニア皇族であるということ以上に、その年齢《ねんれい》であった。ルルーシュ・ヴィ・ブリタニア皇子は御歳《おんとし》九歳、ナナリー・ヴィ・ブリタニア皇女は二つ歳下の七歳。いずれも留学というには、あまりにいとけなすぎる。幼すぎる。

無論、広く見聞を求めるのも高貴なる者の務めという考えもあろう。しかし、それにしても時期というものがあるのだ。少なくとも、二人はあと五年は自国で過ごすべきである。故郷で暮らすべきである。それが過去、ブリタニアの慣例でもある。

それにだ。

分からないといえば、ブリタニアだけではなく、ルルーシュとナナリーを受け入れた日本側の意図もよく分からない。

一時的にEUや中華連邦に肩入《かたい》れしたとはいえ、元々は敵対する勢力の間で絶妙《ぜつみょう》なバランスをとりつつ中立を貫《つらぬ》いてきた国である。やはり強大なブリタニアとの関係悪化は避《さ》けたいとでもいうのか。だが、それにしても、他《ほか》にも関係改善の方法はありそうなものだ。十歳にも満たない子どもを引き取ることに、それほど外交的な意味があるとも思えない。それどころか、かえって、EUあたりの口車に乗ってブリタニア憎《にく》しの機運が高まりつつある国内の反発を招く恐《おそ》れさえある。

——なにか公《おおやけ》にできない裏取引でもあったのか。

そんな噂《うわさ》が流れたとしても、無理はないのである。

しかしまあ、ともあれ。

現実にいま、幼い皇子と皇女はここ日本にいる。

――いや。

この日本に滞在《たいざい》してすでに半年。

季節はもう秋ではなく晩春。

ここ日本の首相、枢木ゲンブの実家、枢木神社に預けられて、彼らが共に過ごしたその時間はもはや、残り――。

2

——2010・5・12　日本

海の近い邸宅《ていたく》である。

ばらばらと生える松の木は野生に見えて実はそうではない。計算しつくされた配置で邸《やしき》の周囲を取り囲んでいる。青黒い屋根瓦《がわら》に太いヒノキの柱。ぱっと見には、高級旅館のようにも思えることだろう。邸の北側は崖《がけ》になっていて、その下に白い砂浜《すなはま》が広がっている。反対側は、やはり広々とした松林だ。ぽつぽつと建ち並ぶ民家はそのさらに向こう。

人里離《はな》れた、という表現は正しくない。

人の里はすぐそこにある。

しかし、人の気配はあまりしない。

静謐《せいひつ》な空気は隠《かく》れて住むにはふさわしく、ゆったりと余暇《よか》を過ごすにはさらにふさわしく、同時に、ある意味ではいかにも人間らしく騒々《そうぞう》しい生活を送るにはふさわしくない。

そんな邸が、柩木家の別荘《べっそう》だった。

――浜辺に行ってみたい。

珍《めずら》しくそんなおねだりをしたのは、妹のナナリーだった。

「すぐそばにきれいな砂浜があるのでしょう?」

「うん。そうだけど」

ちょうど昼食を終え、洗い場で二人分の後片付けをしていたルルーシュは手を止めて、首をかしげた。

まっすぐな黒い髪《かみ》、まだまだあどけなさを残した端整《たんせい》な面《おも》立《だ》ち。

それでいて、瞳《ひとみ》だけはどこか大人びている。

大人びた表情を浮《う》かべている。

「でも、泳ぐにはまだ早いよ、ナナリー。日本はあと一ヶ月くらいしないと、水浴びもできないんだ」

「分かってます」

ナナリーはいつもの車椅子《いす》の上で、ルルーシュの手から洗い終えた小皿を受け取った。

そのまぶたはしっかりと閉じられている。開くことはない。

――光を失っているのだ。

小さな手に持った布巾《ふきん》で、ナナリーは受け取った皿を拭《ふ》きはじめた。

目が見えなくても、これくらいのことはできる。

ルルーシュなどは「自分がやってあげるのに……」とも思うのだが、こういうことはむしろやらせたほうが、ナナリーも喜ぶのである。実感があるのかもしれない。自分だって兄のためにできることがあるのだという。

皿を拭き終えたナナリーは、慎重《しんちょう》な手つきでそれをテーブルの上に置いた。

そうして、にっこりと笑い、ルルーシュの気配に向き直った。

「お兄さま。私、もともと泳げません」

「……そうだったね。ごめん」

「でも、海の音と匂《にお》いは好きなんです。もし、お兄さまにお時間があれば、近くまで連れていっていただけないでしょうか」

「うん……」

ルルーシュは少しの間、考えこんだ。

正直なところを言えばだ。

ルルーシュはあまりナナリーを外に出したくなかった。

昔からそうだった、というわけではない。

本国ブリタニアにいたころ、二人もそれなりに外で遊ぶ子どもだった。快活な性格だった母親の影響《えいきょう》もあったのかもしれない。ナナリーはもっと小さなころからおとなしい子だったし、ルルーシュも決してやんちゃな少年というわけではなかったが、そんな二人を母はよく宮殿《きゅうでん》の外に連れ出した。そして、二人もそれを嫌《いや》がってはいなかった。窮屈《きゅうくつ》な宮殿に比べて、外はのびのびとできた。何より優《やさ》しい母と一緒《いっしょ》の時間を過ごせることがうれしかったのだ。

しかし、いまはもう二人のそばに母はいない。

まして、本国であればともかく、ここは異国である。また、その異国に住む人々が、自分たちの祖国に対して、どういう感情を持っているのか、ルルーシュはすでに知っていた。どんな言葉が自分たちにぶつけられるのか分かっていた。

――シンリャクシャのコ。

――ヒトジチ。

ただし。

ここはほんの一ヶ月前まで彼ら兄妹《きょうだい》が暮らしていた枢木の本家とは違い、別邸であった。

周囲に人家は少ない。外で他人と会うことはそれほどない。第一、崖の下の砂浜までは、庭の裏口から私道を下っていくだけだ。この邸に住む者以外の人間と出くわす可能性はほとんどないだろう。

まあ、別に構わないか、とルルーシュは思った。

それに、ナナリーが自分から何かをお願いするなど、めったにないことだ。

「よし、分かった、ナナリー。すぐに行こう」

「ありがとう、お兄さま」

「何か持っていくものがあるかな。ハイキングってほどの距離《きょり》でもないけど」

「それなんですけど……」

なぜか、そこでナナリーはほんの少し顔を伏《ふ》せた。

だが、すぐに面《おもて》をあげて、

「お兄さま。良かったら、スザクさんも一緒に」

「あ……ああ」

返事がためらいがちになるのは仕方のないことだった。


そもそもだ。

ルルーシュ・ヴィ・ブリタニアという少年は、あまり他人に関心を示すタイプの少年ではない。

それが生まれつきのものなのか、世界唯一《ゆいいつ》の超《ちょう》大国ブリタニアの第十一皇子という身分のせいなのか、幼くして実の母を亡《な》くしたことから来るものなのか、父親から人質《ひとじち》同然に他国へ送りこまれたことに起因するのか。

おそらく、本人にたずねても、分からないと答えるのが関の山だろう。

もっとも、誤解してはならない。

確かに、ルルーシュは他人にあまり関心を示さない。

しかし、他人に関心がないのではない。

関心がないどころか、いまのルルーシュは、子どもながら、周囲の人間に対して最大限の注意をはらっていた。

母を失って……いや、母を何者かに暗殺されてからは、ずっとそうしていた。

そうしないと、生きていけなかった。危険だった。

――ブリタニアの皇族は常に争いの渦中《かちゅう》にある。

そのことをルルーシュがおぼろげながら悟《さと》ったのは、母であり、ブリタニア帝国《ていこく》第五后妃《こうひ》であり、騎士《きし》公でもあったマリアンヌが亡くなったときだった。いや、もっと言えば、母が亡くなって二ヶ月もしてからようやく父、ブリタニア皇帝シャルル・ジ・ブリタニアとの謁見《えっけん》が許されたときだった。

「弱者に用はない。それが皇族というものだ」

なぜ母を守ってやらなかったと非難するルルーシュに対して、父は――いや、あの男は平然と言ってのけた。

それだけではない。

あの男は、母の葬儀《そうぎ》にすら姿を見せなかった。

事件の現場に居合わせ、両足に大怪我《おおけが》を負い、目も見えなくなってしまったナナリーの見舞《みま》いにも来なかった。

そのあげくが、その言葉だった。

目の前が真っ赤になった。

華麗《かれい》な謁見の間の景色が、血でぐにゃりとゆがんだ。

そんなルルーシュを見て、その男はさらに言った。

「くだらぬ。ルルーシュ、お前はそんなことを伝えるために、貴重なブリタニア皇帝の時間を割《さ》いたとでも言うのか？　我が息子《むすこ》ながら、なんたる愚《おろ》かしさ」

吐《は》き捨てるようなその言葉に、ルルーシュはすべてを理解した。

この男にとって、神聖ブリタニア帝国第九十八代皇帝、シャルル・ジ・ブリタニアという男にとって、自分も母も妹もただの駒《こま》にすぎなかったのだと。

壊《こわ》れれば、すぐに替《か》えのきく駒。

そして、壊れたということは、大して役にも立たない、無用の駒。

己《おのれ》の身一つ守れない、クズ同然の駒。

何の感情もない。

何の想《おも》いもない。

かける言葉すらない。目にとめることさえない。

あの男が必要としているのは、自分を助け、自分のあとをつぐ可能性を持った、優秀《ゆうしゅう》な駒だけ。

壊れない駒だけ——。

その日から、世界はルルーシュにとって敵になった。

あの男も、あの男の周りにいる者も、そして、自分と同じ立場にあり、同時に自分たちの存在をうとましく思っている義母や異母兄弟たちも、すべて敵になった。

争い、他者を踏《ふ》みつけ、一人、自分だけがはいあがっていく。

それが世界だと思った。

ヒトはいない。

たった一人、妹のナナリーだけを除いて、この世界にヒトはいない。

しかし——。

＊

別邸《べってい》とはいえ、そこはさすがに日本有数の資産家でもある枢木の家。

中はかなり広い。

ルルーシュがその部屋にたどりつくまでに、いくつもの部屋を通りすぎなければならなかった。

庭に面し、付け加えれば、戸もなく窓もなく、外に向かって開放された板張りの廊下《ろうか》。縁側《えんがわ》というのだ、と聞かされていた。

そして、聞かせてくれた相手の部屋は突《つ》き当たり、一番端《はし》だった。

邸《やしき》の中に人の気配はあまりない。

実際、この家に滞在《たいざい》している人間は使用人も含《ふく》めて少ない。もっとも、ルルーシュにとってはむしろ都合のいいことである。

廊下を渡《わた》り、ルルーシュはその部屋の前に立っていた。

ノックというのはむずかしい。

なにしろ、それは扉《とびら》というより、衝立《ついたて》に近いようにルルーシュには思えるのだ。開閉は前後ではなく左右で、木で組んだ網目《あみめ》の中に白い紙が張られている。これも、彼から障子というのだと教えられていた。

わずかに戸が開いていた。

少したためらってから、ルルーシュは戸の隙間《すきま》に目をやった。

ろくに物もない、畳《たたみ》の部屋。

彼は──中央に座っていた。

目をしっかりと閉じ、正座の姿勢で静かに座していた。

白い胴着《どうぎ》に紺《こん》の袴《はかま》姿。純粋《じゅんすい》な日本人にしては、色素の薄《うす》い髪《かみ》。

すぐ横に、一本の棒が置かれている。

いや、あれは棒ではない。

木刀というのだそうだ。

彼が以前よく手にしていた竹刀《しない》とはまた違《ちが》うものらしい。

真新しい木の刀をそばに置き、彼——この枢木家の長男、すなわち日本国首相枢木ゲンブの息子《むすこ》、枢木スザクはじっと目を閉じ、畳の上に座っていた。

静謐《せいひつ》な空気の中で、影《かげ》も薄く、まるで置物のようにそこにいる姿を見て、なぜか、ルルーシュは胸がしめつけられるような気分に襲《おそ》われた。

と、そのときだった。

不意にスザクのまぶたが開いた。

それで置物は人間になった。

「誰《だれ》だ」

意志の強そうな瞳《ひとみ》がこちらを見る。

同時に、ふっと柔《やわ》らかくなった。

「なんだ、お前か」

言葉は以前と変わらない。

何も……変わらない。

ただ一つのこと以外は。

「皇子さまが覗《のぞ》きか？　趣味《しゅみ》悪いぞ、ルルーシュ」

「戸を開けっ放しにしておいたのは君のほうだ」

そして、ルルーシュの態度も変わらなかった。

ふんと鼻を鳴らして、

「しかも、こんな時間にお昼寝《ひるね》か。たるんでいるというより、だらけきってるな、スザク」

「これはセーシントーイツっていうんだ、セーシントーイツ」

「昼寝がか？」

「ときどき、お前って喧嘩《けんか》を売る天才なんじゃないかって思えるな」

楽しげに笑ってから、スザクは青い畳の上に立ちあがった。

「で？　なんだ？　用があるんだろ」

「ああ……」

ルルーシュは一瞬《いっしゅん》、返答に間を置いた。

「ナナリーが一緒《いっしょ》に砂浜《すなはま》に行かないかって」

「へえ……。珍《めずら》しいな」

「僕は別に君に来てもらいたいとも思ってないんだが」

「そういうのを、逆効果っていうんだぞ、ルルーシュ」

「君がひねくれているだけだろ」

「お前ほどじゃない」

憎《にく》まれ口もあいかわらずだった。

変わらなかった。

そう――。

スザクは小首をかしげてから、つぶやくように言った。

「そうだな……まあ、俺も退屈《たいくつ》してたところだし」

「………」

「よし。付き合ってやる。感謝しろ、ルルーシュ」

「誰が」

スザクの手が横に置いてあった木刀をつかむ。

あの日以来。

あの夜以来、どんなときでも手放すことのないその刀を除けば――だ。

＊

――雨が降っていた。

「ルルーシュ。俺は……」

暗く、夜空を閉《と》ざしていくような雨だった。

「俺は……いや」

胸をつかむ手。

震《ふる》える手。かじかんだ手。

凍《こお》りついた手――。

「僕は……」

言葉は血を吐《は》くようで。

心を引き裂《さ》くようで。

そして、届かない救いを求めるようで。

「僕は――二度と、自分のために力を使ったりしない……」

雨が降っていた。

暗く、夜空を閉ざしていくような雨だった。

彼を。

閉ざしていくような雨だった。

「使っては、いけない。ルルーシュ……」

——そうして、たぶん。

彼は一度、死んだのだ。

＊

邸の外は絵に描《か》いたような晴天だった。

夏はまだ先とはいえ、照りつける日差しは十分な熱を持っている。

はるか青い海の彼方《かなた》から吹《ふ》きつけてくる潮風。澄《す》みきった空を白いカモメがのんびりと散歩していた。

砂浜には誰《だれ》もいなかった。

というのも当たり前の話で、この砂浜も枢木の私有地なのだ。ルルーシュ的なイメージで言えば、プライベートビーチのようなものである。

さらさらと深い砂の上で、ナナリーの車椅子《いす》を動かすのはなかなか力のいる作業だったので、途中《とちゅう》からはスザクがナナリーをおぶって波打ち際《ぎわ》まで連れていき、そこにルルーシュが運んできた小さな椅子を置いて、少女を座らせた。この役割分担は純粋《じゅんすい》に腕力《わんりょく》の差で決められたのだが、無論、結論を出すまでに、二人の少年の間でひと悶着《もんちゃく》あったのは言うまでもない。最後は、ナナリーの「お兄さま。お気持ちはうれしいのですが……でも、前に私のせいでお怪我《けが》をなさったことがありましたね」という言葉にルルーシュが完全にうちのめされ、決着をみた。

そうして、いまもなぜかスザクがナナリーのそばについて、あれこれと世話をやいている。

「そうそう、ナナリー。竿《さお》は俺が支えてるから。ゆっくりリールを巻き上げて」

「こ、こうですか？」

「うん。うまいうまい。でも、いっぺんに糸を巻いちゃだめだぞ。針が飛んできて危ないからな。合図したら止めるんだ。また遠くに投げてあげるよ」

「私、釣《つ》りって初めてで……」

「そうか？　でも、ナナリーは筋がいいよ」

「本当ですか？」

「うん、ほんと。竿の持ち方が様になってる。——で、そっちは、と……まあ、言うまでもないか」

あきれたようなスザクの声の先で、ルルーシュは砂浜《すなはま》に突《つ》っ伏《ぷ》して倒《たお》れこんでいた。

別に好きでそんな真似《まね》をしているわけではない。

服に引っかかった針を取ろうともがいているうちに、糸がからまってしまい、ついでに柔《やわ》らかい砂に足をとられて転んでしまったのだ。

針と糸のせいで動くに動けず、砂の上にうつぶせになっている姿は、なんとなく、漁村に干してあるスルメのようでもある。

このイベントの企画《きかく》者であり、指導者でもあるスザクはナナリーのそばを離《はな》れようともせず、冷静に感想を述べた。

「ルルーシュ。お前、無人島に流されたりするなよ。たぶん、絶対に生き残れない」

「そ……そんなこと、あるもん、か」

苦労して糸の一部をほどき、もぞもぞと起きあがりながら、ルルーシュは言い返した。

「くそっ。なんなんだ、この竿は。おもりがまっすぐ前に飛ばない」

「それは、お前がまっすぐ飛ばしてないからだよ」

「不良品だ。業者に連絡《れんらく》してくれ、スザク。ソンガイバイショーを求めるべきだ」

「……いや、あのな」

「やめだやめだ。大体、こんな細い糸でちまちま獲物《えもの》を狙《ねら》うなんて僕の性《しょう》に合わない。網《あみ》をつかってすくったほうが合理的じゃないか」

「お前、いま世界中の釣り好きを敵にまわしたぞ」

もう一度、スザクがあきれたように言う。

と、そこへ、今度はナナリーが声をあげた。

「あれ？　スザクさん、なんだかリールが重いです」

「ん――。あー、かかってるかかってる。ナナリー、そのままリールを」

「わっ、わっ、動いてます」

「大丈夫《だいじょうぶ》。ゆっくりゆっくり」

「えっと、えっと……」

「そうそう。もう少し、あと少し……よーし！」

「釣れたんですかっ」

「うん。ナナリーが釣った」

「わあ。どんなお魚です？」

「ベラって魚だよ。塩焼きにしたらわりと美味《おい》しい」

「あ……その、食べちゃうんですか？」

「ちょっと小さいな。どうする？　放そうか？」

「あ、はい。じゃあ、そうしてあげてください」

「分かった」

スザクは糸を手繰《たぐ》りよせ、針の先についた赤っぽい魚を器用に外すと、そのまま海に向かっ

て放《ほう》った。

ぽちゃんという音がして、魚の姿が海に消える。

そうして、スザクはナナリーの手から竿《さお》を受け取った。

「今度はもっと大物を狙おう、ナナリー」

「は、はい」

「そういや、ナナリーには言ってなかったか。この釣りには、今日の晩御飯《ばんごはん》がかかってるって」

「えっ。そう、だったんですか？」

「うむ。そうだったのだ」

言葉だけはしかつめらしく、ただ、本当は笑顔《えがお》のままで、スザクがこれまた器用に竿を振《ふ》る。

おもりのついた糸の先が見事なまでのコントロールで、遠く離れたおだやかな海面に着水する。

「さあ、ナナリー、もう一回」

「は、はい。私、がんばります」

「うん。夢は大きく……次は、タイだ！」

「タイ、ですね！」

「いや、嘘《うそ》。冗談《じょうだん》。それはたぶん無理」

「え？」

ぽかんとしたナナリーの顔。そして、それに向けられた少年の柔《やわ》らかな笑顔。

「…………」

いつの間にか、糸をほどいて立ち上がったルルーシュは、無言でその様子を見つめていた。

不思議と気持ちが落ち着く光景だった。

以前のルルーシュであれば、妹に、ナナリーにあんなふうに接する他人の存在を決して許しはしなかっただろう。

だが、いまは違《ちが》う。

というより、彼だけは違う。

あの少年だけは、ナナリーの横にいても、ルルーシュの心はさわがない。胸の奥の暗い部分に触《ふ》れてこない。

見ているだけで、気分が落ち着く。

心が休まる。

だからこそ。

それが、本当に心が休まるだけの光景であったならば、どれほど幸せだったことか。

自分にも、ナナリーにも、そして、他《ほか》の誰にとっても。

結局、夕方まで砂浜《すなはま》で遊んだ。

釣果《ちょうか》はスザク・ナナリー組が八、そして、予想通りルルーシュが0だった。

日の短い季節ではないが、さすがに夕暮れ時ともなれば気温は下がる。

車椅子《いす》の上のナナリーの肩《かた》には、ルルーシュがあらかじめ用意していた上着がかけられていた。どういうわけか、スザクはそれを見て、しきりに感心した。

「準備がいいな」

「ナナリーはあんまり外に慣れてないんだ。当然だろ」

「お前、たぶん、いい『メイドさん』になれるぞ」

「……侮辱《ぶじょく》なのか、ほめ言葉なのか、判断に困るな」

邸《やしき》までの坂道は、一度、裏手の松林にまわってから、ゆるやかにカーブして上っていく。

道は砂まじりではあったが、海岸のように柔らかくはなく、車椅子の車輪を回すのにもそこまで力を必要としなかった。

先頭をスザクが行き、邪魔《じゃま》になりそうな木の枝などを拾って横の林に放《ほう》りながら、歩きつづけた。ナナリーと車椅子を押《お》したルルーシュがそのあとに続く。

三人が進む道はまだ明るかったが、濃《こ》い松林は薄暗《うすぐら》く、先が見通せなかった。

「とにかく、今日一日で釣りのコツ《つ》と理論はつかんだ。スザク、次はきっと君の成果を超《こ》えてみせる」

「あいかわらず負けず嫌《ぎら》いなやつだなあ」

「ふふ。それがお兄さまですから」

「でも、ナナリー。あそこでボウズだったのは、こいつが初めてなんだぞ」

「ボウズってなんですか？」

「雑魚《ざこ》一匹《ぴき》釣れない超《ちょう》のつくドへたくそのこと」

「まあ……」

「こら。ナナリーに下品な言葉を教えるなって言ってるだろ」

それほど長い坂道ではない。

ほどなくして道は平坦《へいたん》になった。

あとはこのまま林を抜《ぬ》けて、邸の裏口にたどりつくばかりである。

道の先に林の切れ目が近づいていた。

と、そこで不意にスザクが足を止めた。

道の真ん中で立ち止まった。

「スザク？」

「スザクさん？」

「悪い、ルルーシュ」

言いながら、スザクの目はたったいま通りぬけてきたばかりの松林に向けられていた。

「先に戻《もど》っててくれ。忘れ物した」

「ルルーシュはあきれた。

「君のほうこそ、あいかわらずじゃないか」

「ははは、そうみたいだ」

笑ったときにはもう、スザクは駆《か》けだしている。

ルルーシュとナナリーの横をすり抜けて、道を逆走している。

初めて会ったときに比べて少し背が伸《の》びたらしい影《かげ》が、あっという間に林の先に消えていった。

「あいつ……本当にあいかわらずだ」

後ろ姿を見送って、ルルーシュはつぶやくように言った。

半日に及《およ》ぶ釣り修業《しゅぎょう》で、ルルーシュなども結構疲《つか》れている。ルルーシュが慣れておらず、スザクが慣れていることを割り引いても、あの元気の良さは異常だった。たったいま一日が始まったかのように動いている。まさしく底なしの体力である。しかも、あの脚《あし》。大人でもあそこまで走れる人間を、ルルーシュはあまり見たことがない。

「行こうか、ナナリー」

先に行けと言われたのだ。特に逆らう理由もない。

顔を戻し、ルルーシュは止めていた車椅子を再び押そうとした。

が、ふとそれに気づいた。

ナナリーだった。

閉じられたまぶたはいつもと変わりはない。

だが、その顔は後ろを振《ふ》り向いたままだった。

見えているわけでもないのだろうが、少年が姿を消した方角に顔を向けていた。

「ナナリー？」

「あ……いえ」

ルルーシュが呼びかけると、ようやくナナリーは前に向き直った。

小さく応《こた》えてから、車椅子の上でほんの少しうつむく。

ルルーシュは小首をかしげたが、そのまま車椅子を押しはじめた。

林を抜けて、道が広くなった。

青い屋根と純和風の建物がゆっくりと近づいてくる。

それがもう間近に迫《せま》ったところで、ナナリーがぽつりと口を開いた。

「お兄さま……」

「なんだい、ナナリー」

「スザクさん、少しはお元気になられたでしょうか？」

一瞬《いっしゅん》、ルルーシュは車椅子を押す手を止めそうになった。

目線の少し下で、自分とは違《ちが》う、それでも、きれいな茶色のナナリーの髪《かみ》がわずかに風にそよいでいた。

毛先が少し伸びているようだった。近いうちに整えてあげる必要があるかもしれない。もっとも、ナナリーは髪を伸ばしたがっているようなので、本当に整えるだけだが。

「…………」

「お兄さま？」

「あ、ああ。ごめん、ナナリー」

——分かっている。

もちろん、分かっていた。

ナナリーが気にしているのは、無論、スザクの肉体的なことなどではない。第一、それならいまも見たとおりだ。あの様子だ。

体のことではない。

彼の——あの少年の中身だ。

以前のスザクとは様子が違うことを、もちろんナナリーも感づいている。気づいている。大体、いまのスザクは学校にすら行ってない。ちょうど一ヶ月前、突然《とつぜん》、枢木家の本邸《ほんてい》からこの別邸に身柄《みがら》を移された自分やナナリーのあとを追うようにして、ここに来てから。

ルルーシュが説明を求めても、「しばらく、こっちで暮らすことになった」の一点張りで。

どこかが違う。

何かがずれている。

そして、元々、ナナリーはそういう他人の雰囲気《ふんいき》の変化には敏感《びんかん》なのだった。目が見えないことで、かえって、余計なものに惑《まど》わされないのかもしれない。

ルルーシュは逆に問い返してみる気になった。

「ナナリーは……どう思う？」

「え――？」

「あいつ、どこか変わったと思う？」

そんなふうにたずねられることは予期していなかったのだろう。

ナナリーはしばしの間、考えこんだ。

またうつむき、小さな人差し指を口元にあて、首をかたむける。

考え考えしてから、ナナリーは再び口を開いた。

「えっと……スザクさん、初めてお会いしたときより少しお優《やさ》しくなられた気がします」

ルルーシュはうなずいた。

「うん……そうだね。前みたいに乱暴なことはしなくなった」

――二度と。

「それと、いろんなことにお気づきになるようになられました」

「そうだね。前ほど無神経じゃない」

――二度と、使ったりしない。

「明るくなったとも思います」

「うん。愛想《あいそ》はよくなった」

――僕は自分のために、自分の力を。

「……だけど」

「うん？」

――使わない。

「怖《こわ》い……です」

「怖い？」

――使ったりしては、いけない。

「いつか、ふっとスザクさんがどこかに行ってしまいそうで……」

「…………」

少し風が強くなった。

折り重なるようにして立ち並ぶ松の枝をふるわせる空気の音。

潮の匂《にお》いは、ここでもまだ強い。鼻腔《びこう》をくすぐっている。

翳《かげ》った日の光はもうずいぶん弱かった。

「お兄さま」

「……………」

「あのとき、スザクさんは……」

「その話はよそう、ナナリー」

ルルーシュはさえぎった。

そう。

その話はあれ以来していない。

ナナリーにも、そして、スザク自身にも。

ふと――。

永遠にできないような気もした。

なぜかはよく分からなかった。

＊

――太い幹は、この林で一番大きな松のものだった。

風が強くなっても、それだけは揺《ゆ》るぎもしない。びくともしない。

完璧《かんぺき》に空気の流れを遮断《しゃだん》している。

その幹に背をあずけ、スザクは眼前に広がる薄闇《うすやみ》を見つめていた。
腰《こし》にさした木刀の柄《つか》に左手をそえ、ただじっと目線だけを前に向けていた。
薄闇が完全に闇に変わるまで、少年はずっとそのままだった。

3

――――2010・5・××　日本

世情がひどく騒《さわ》がしい。

誰《だれ》もが苛立《いらだ》ちを抱《かか》えている。

殺気だっている。

『……九日未明、ブリタニア帝国総督府《ていこくそうとくふ》は、生体電子関連分野における技術協定の改正を正式に提議しました。これは明らかにわが国に対する制裁政策と思われ、療養《りょうよう》中の枢木首相は即座《そくざ》に抗議《こうぎ》声明を発表。国際法廷《ほうてい》への提訴《ていそ》をも視野に入れ……』

『……ご覧ください。こちらが先月行われたブリタニア軍によるハノイ空爆《くうばく》の爪《つめ》あとです。これを見れば、ブリタニア軍の「攻撃《こうげき》はゲリラ勢力の軍事拠点《きょてん》にしぼって行われた」という公式発表が真っ赤な嘘《うそ》であることは一目瞭然《いちもくりょうぜん》でしょう。悪逆非道のブリタニア軍は無関係の民間人を多数巻き添《ぞ》えにし……』

『……国際人権団体NARは、ブリタニア帝国のナンバーズ政策に対し、正式に是正勧告《ぜせいかんこく》を行いました。これに対し、ブリタニアは勧告を頭から無視する姿勢をとっており、世界中の人々から非難の声があがっております……』

『……ブリタニア帝国外務省は、先のマニラにおける爆弾《ばくだん》テロに関して、わが日本に向け、テロ活動を支援《しえん》しているとの抗議声明を発表しました。これはまったく事実無根の言いがかりであり、血も涙《なみだ》もない帝国主義者であるブリタニア人は……』

『……先ごろ行われたブリタニア軍の軍事演習に関し、病気療養中の枢木ゲンブ首相は療養先から次のような声明を発表しました。「わが国は脅《おど》しには屈《くっ》しない。ブリタニアがわが愛する日本に、血で濡《ぬ》れた牙《きば》を向ければ、手痛い教訓を学ぶことになるであろう」……』

『……侵略者《しんりゃくしゃ》ブリタニアはついに、わが国が正当な権利を保持する、サクラダイトの分配会議にまで……』

一つ、はっきりしているのは——。

すでに両者は引き返せない道に踏《ふ》みこんでいるということ、だ。

和風なのか洋風なのか、判断のつきかねる部屋である。

床《とこ》の間に飾《かざ》られたいかにも年代物の掛《か》け軸《じく》は、そこだけ切り取れば完全な和風といえようが、部屋の中央にでんと置かれた円形のテーブルは、どう見ても洋風だった。そして、テーブルを取り囲む、十をこえるアンティーク調の椅子。

テーブルに集まり、椅子に腰《こし》掛けた人々の年齢《ねんれい》構成は、それなりに幅《はば》があった。が、基本的に四十代以上ということで一致《いっち》を見ているようだった。中には老け《ふ》顔の三十代もまじっているのかもしれないが、二十代ということはまずありえない。付け加えると、上限にはきりがない。七十を優にこえる者もいるだろう。

唯一《ゆいいつ》、テーブルの中央に腰掛けた着物姿の老人の背後に、若い男が起立していた。長身でバランスのとれた体格はもとより、まっすぐ伸《の》びた背筋は、それが本分ということもあるのだろうが、年寄りには真似《まね》のできない力強さが同居している。こちらは多く見積もっても、せいぜい三十代前半といったところか。

テーブルを取り囲む人々の顔は、一様に暗かった。

というより、あきらかに苦々しげだった。

そして、そんな彼らの目の前。

やや暗めの蛍光灯《けいこうとう》の下、テーブルの上で一枚の大きな紙が広げられている。

碁盤《ごばん》のように縦横の線が走り、それを無視するかのように、茶色い陸地と青い海が表記されている。

無論、地図だ。

沈黙《ちんもく》は、窓の外の夜が明けるまで続くのではないかと思わせ、その実、たやすく壊《こわ》れることが前提のものでもあった。

やがて、椅子に腰掛けた一人がやはり苦々しげに口を開いた。

「……ブリタニアの狼《おおかみ》め。好き勝手にしくさりおる」

それがこの場の沈黙を破るきっかけになったようだ。

集まった人々の間から次々と声があがった。

「ここまで露骨《ろこつ》に挑発《ちょうはつ》されると、かえっていちいち腹を立てるのが馬鹿《ばか》馬鹿しくなってきますな」

「のんきなことを。敵艦隊《てきかんたい》は石垣島《いしがきじま》の付近をも通過したのだぞ。明らかな領海侵犯《しんぱん》だ」

「枢木首相が療養中なのをいいことに……」

「やられる前に先手をうつ。それしかあるまい」

「しかし、現状でEUは動くまい。所詮《しょせん》は遠いアジアの国の出来事。わが国がサクラダイトの権益をちらつかせたとしても、はたしてどうか」

「元々、彼らはブリタニアとなあなあの関係だという噂《うわさ》もあります」

「むしろ頼《たよ》りになりそうなのは中華連邦か。こちらは日本が落ちるのを座して見ておるわけにはいかんだろう」

「馬鹿な。共産主義者などあてにできるか。不利と見れば、ブリタニアと一緒《いっしょ》になって食い荒《あ》らしにかかるような連中だ」

「他国を頼りにして国防などつとまらん」

「いや、しかし、それにしてもブリタニアは強大すぎる。聞いたか。例のグラスゴーとかいうやつ、すでに実戦配備されているそうだ」

「はん。あんなSFもどきの玩具《おもちゃ》になにができる」

「水際《みずぎわ》で叩《たた》く。以後は防御《ぼうぎょ》に徹《てっ》して、時機を待つ。EUも中華もわが国がブリタニアのエリアに組みこまれることなど望んでおらんだろう。なんらかのアクションを起こすはずだ」

「よそをあてにするのはすでに敗戦主義だと言っておろうが」

「情報統制にも限界があります。例の軍事演習については、マスメディアの論調を抑《おさ》えさせましたので、いまのところ国内に目立った反発の声はあがっておりませんが」

「それも時間の問題だろう。ふん、そのうち東京湾《わん》に堂々とブリタニアの国旗をかかげた駆逐《くちく》艦《かん》がやってくるやもしれんな」

「だからこそ、先手を打つのだ。それ以外に道はない」

「いや、単独でぶつかるのは危険だ。せめて、中華連邦だけでも引きこまねば」

「そんな余裕《よゆう》はないと言っている。時間的にも、状況《じょうきょう》的にも」

「しかし……」

　議論はえんえんと続いていく。

　いや、本質的にそれは議論ですらない。

中身もなく出口も見えない議論など、議論とは呼べまい。

そういうのは「愚痴《ぐち》」というのだ。

ゆえに、たった一人、沈黙を保ったまま周囲の声に耳を傾《かたむ》けていたその老人が、ほんの少し身じろぎしただけで、辺りは静かになった。さっと潮が引くように声は消えていった。

テーブルの中央に座ったその老人は目を閉じていた。

鶯《うぐいす》色の和服に、しわだらけの顔。

体格は小柄《こがら》である。が、どこかてこでも動かない重みを感じさせる。一声発すれば、他を圧《あっ》倒《とう》するのではないかと思わせる威《い》がある。

周囲の人間がおとなしくなったと見て、老人はゆっくりとまぶたを開いた。

むしろ淡々《たんたん》とした目線が集まった人々に向けられた。

そうして、老人は初めて口を開いた。

「……おぬしらは何か勘違《かんちが》いしておるようだな」

声音《こわね》もやはり淡白である。言葉も単なる指摘《してき》である。

しかし、そこにこめられた叱責《しっせき》の意は明白だった。それが列席者の何人かをびくりとさせた。

老人は続けた。

「今日、おぬしらに集まってもらったのは、この国の将来をどうするかなど話しあってもらうためではない。というより、その点に関しては、軍官僚《かんりょう》たるおぬしらに決定権などない。最終的な決定者はこの場におられぬ枢木ゲンブ首相ただお一人だ」

「し、しかし、桐原《きりはら》公……」

何か言いかけた軍服姿の男を、冷ややかな老人の一瞥《いちべつ》が完璧《かんぺき》に封殺《ふうさつ》する。黙《だま》らせてしまう。

「よって──枢木首相の意を代弁し、このわしが宣言する」

そこで、老人は間を置いた。

再び目を閉じた。

「徹底抗戦《こうせん》だ」

ぴんと周囲の空気が張り詰《つ》めた。

老人はその機を逃《のが》さなかった。

「EUや中華連邦の手など借りぬ。わが日本の国土は、我ら日本人の手で守る。それが枢木首相のご意思でもある。ゆえに議論はそこから始めてもらいたい」

大した貫禄《かんろく》であり、同時にそれは一種の話術であるといってもよかった。


すでに部屋の中に残る人影《ひとかげ》は二つだけだった。

あいかわらずテーブルの中央にゆったり座す老人と、その背後に起立する例の若い男──。

テーブルの上に載《の》せられた水差しを手にとり、コップに水をそそぎながら、老人がやれやれといった様子でかぶりを振《ふ》った。

「年寄りの冷や水という言葉もあるが——表に立つというのは確かに疲《つか》れることでもあるな、藤堂《とうどう》」

男は無言だった。

無言のまま、立ちつくしたまま、老人の次の声を待った。

「やはり、わしは黒子のままでいるほうが性《しょう》にあっておるらしい。そう考えてみると、枢木のことは二重に痛いわ。少なくとも、あれはこういうことだけは得意な男であった」

老人のしわだらけの喉《のど》がぐびりと冷えた水を通す。

手にしたコップがテーブルの上に置かれるのを待って、ようやく男——藤堂鏡志朗《きょうしろう》は言葉を発した。

「……徹底抗戦、ですか」

「我ながら歯が浮《う》くがの」

老人の声は平静なままだった。

もっとも、それでいて強烈《きょうれつ》なまでの意思がこめられているようであった。他人を寄せ付けない自負と抗《あらが》いがたい重みが混在しているようでもあった。

「しかし、あの連中にはあれくらい言うてやったほうがよいのだ。責任をとることを忌避《きひ》するがゆえに、他者の尻馬《しりうま》に乗ろうとする者ども。軽い。あまりに軽い」

「所詮《しょせん》、退路を断《た》ってやらねば、自らは動こうとせぬ者たちだ。それに、中には生前の枢木と通じていた者もいよう。いぶりだしにはちょうどよい」

「…………」

再び藤堂は沈黙《ちんもく》した。

本来、藤堂はこの老人に従ういわれはない。

これで藤堂もれっきとした軍務につく人間である。正式な階級を持つ軍人である。命令できるのは上官だけだ。そして、この老人は藤堂の上官ではない。それどころか、軍人ですらない。政府の役人ですらない。

しかし。

藤堂は……知っていた。

表向きは、病気療養《りょうよう》中。

だが、実際にはとうの昔に亡くなっている日本国首相、枢木ゲンブ――。

その死が、なぜ隠《かく》されているのか。

誰《だれ》が、なんのためにそうしたのか。

そして。

なぜ、いまなお、ブリタニアと日本は戦争状態に入っていないのか。

すべて知っていた。

そう。

この老人。

経済大国日本最大の複合企業《きぎょう》グループ、キリハラ財閥《ざいばつ》前総帥《そうすい》、桐原泰三《たいぞう》。

実質的な、この日本という国の――。

やや間を置いて、藤堂は慎重《しんちょう》に口を開いた。

「やはり――開戦自体は避《さ》けられませぬか？」

「できぬな」

あいかわらず老人の言葉には抑揚《よくよう》というものがない。

そっけなく答えた。

「ブリタニアの財界にも、戦争そのものには反対という者が確かにおる。抵抗《ていこう》運動の頻発《ひんぱつ》する属領など、投資の対象としては下の下であるからな。サクラダイトのことはあるが、それにしても単に資源開発と利権獲得《かくとく》だけを目的とするならば、力任せの支配などに頼《たよ》るよりも、わが国との関係を改善したほうが、効率はよく、危険も少ない。現実に彼らの思惑《おもわく》を阻《はば》んできた枢木も退場したことではある」

「ならば――」

「しかしながら、国家というものが動くとき、合理性のみが優先されるかといえば、そうではないことはわしもよく知っておる。というより、有史以来、ヒトという生き物が理屈《りくつ》だけで争ったことなど一度もない。要は自尊の問題よ。自らを誇《ほこ》り、自らを信ずるがゆえに、人は互《たが》いに争い傷つけあう。たとえ、それが本質的に他動的で、あらかじめ用意されたにすぎぬプロパガンダであったとしても、己《おのれ》が信じたいと思うものに従いたがるのが人の性《さが》だ。その意味において、枢木はうまくやりおった。利益と打算だけが戦争の動機であれば、わしにもまだ手のうちようがあるが、凝《こ》り固まった信念だけはどうにもできぬ」

　敵は叩《たた》きつぶすべきだという信念だけはな、と老人は付け加えた。

「すでに刃《やいば》は抜《ぬ》かれておるのだ。結果を——血を見ねば、双方《そうほう》とも収まりがつくまい。時間稼《かせ》ぎはできる。しかし、億を超《こ》える人間が求める結果を変えることは容易ではない——とはいえ」

「————」

「負け方にもいろいろある……」

　老人の言葉はつぶやくようであり、そして、藤堂は眉《まゆ》をぴくりと跳《は》ねあげた。

　壁《かべ》にかけられた時計の針はすでに零時《れいじ》をまわっている。

　こつこつという秒針の音は、それ自体が更《ふ》けていく夜の象徴《しょうちょう》にも感じられた。

　もう一度、水の入ったコップを手に取り、唇《くちびる》をしめらせてから、老人は軽く息をついた。

「結局、勝てぬ戦《いくさ》をせざるをえぬのだ。ならば、最善の負け方を選ぶ以外にはあるまい。そうであろう、藤堂？」

「………。勝てぬ、と限ったものでもありません」

「ふむ──。いや、おぬしはそれでよい。確かにすべての日本人が意気地《いくじ》なく頭《こうべ》を垂れるというのも面白《おもしろ》くはない。一人くらい、ブリタニアの肝《きも》を冷やすものがおってもよい。それができるのは藤堂、おぬしだけであろう」

「私に亡国の功臣になれと？」

「亡国にはさせぬ。分からぬか？　そのためのおぬしであり、そのための『覚悟《かくご》』なのだ。わしが先ほどの連中を焚《た》きつけたのは、国中を焦土《しょうど》に変えてブリタニアに歯向かいつづけるためではない。逆だ。力を余したまま屈服《くっぷく》することこそが肝要《かんよう》なのだ。今回の戦争でわが日本はブリタニアに敗れる。だが、牙《きば》を抜いてはならぬ。誇りと気概《きがい》だけは失ってはならぬ。それが後々の回天にもつながる」

「そう、うまくいくものでしょうか……」

藤堂はこちらもつぶやくように言った。

実際のところ、藤堂はすでにこの老人の胸のうちを察していた。

近《ちか》ごろのブリタニアの日本への挑発《ちょうはつ》は度をこしている。

領海、領空侵犯《しんぱん》などは当たり前。先だっては、アラスカ周辺で日本の漁船がブリタニアの警《けい》備艇《びてい》に威嚇射撃《いかくしゃげき》を受けた上、船内の強制査察まで受けた。禁止薬物の密輸疑惑《ぎわく》というのが公式の発表だったが、そんなものを信じている者など誰もいない。要するにブリタニアははっきりと日本相手に喧嘩《けんか》を売ってきているのであって、あとはこちらがそれを買うか買わないかの選《せん》択《たく》なのである。いや、実際には選択肢《し》すらない。きっかけがあろうがなかろうが、遠からずブリタニアはその強大な軍事力を日本に向けてこよう。元来、国際社会で孤立《こりつ》することを恐《おそ》れるような国ではない。それができるだけの国力もある。

一方、ひるがえってみるに、日本の置かれた立場はどうかといえば、これはおせじにも安泰《あんたい》とはいえなかった。先の経済制裁で歩調を合わせたEU、中華連邦は表向き日本の防衛ラインの強化に協力を申し出ているが、実際に日本がブリタニアからの侵攻《しんこう》を受けた場合、どこまで手を貸してくれるか怪《あや》しい。すでにエリア1からエリア10までの属領を抱《かか》え、世界地図の三分の一を支配するブリタニアは、二強国にとっても抗しがたい強大な帝国《ていこく》なのであり——本音を身もふたもなく言ってしまえば——戦いたくなどない敵であり——それが可能であるならば——むしろ外交交渉《こうしょう》によって自国の安全保障を確保したい相手なのである。もし仮に、日本を生《いけ》贄《にえ》とすることによって、ブリタニアが侵略の矛《ほこ》をおさめるというのであれば、両国とも喜んでそれに乗ってくるに違いなかった。無論、ブリタニアはそこまで甘くはなく、二国の首脳もそこまで事態を楽観してはいないだろうが、しかし、現実に彼らを同盟国としてこき使うことなど思いもよらない状況《じょうきょう》なのである。

窓の外の夜に目をやって、藤堂は再び口を開いた。

「すでに那覇、岩国《いわくに》、厳島《いつくしま》、小笠原《おがさわら》、その他国内十数の施設《しせつ》には厳戒《げんかい》態勢が発令されております。無論、ブリタニアもこちらの動きには感づいているでしょうが」

「予定されていたことだの。あとは適当なところで戦端《せんたん》を開くきっかけがあればよい。まあ、後々の非難を避《さ》けるためにも、これはブリタニアにやってもらうとするか」

「桐原公。あなたの理屈は分かります。わが国はブリタニアといったんは戦火を交え、しかし、その後、余力を残した段階で交渉に入り、ある程度の自治権を確保した上で降伏《こうふく》文書に調印する。さらにはいずれ、ブリタニアの統治の隙《すき》を待ち、反抗につなげる——あなたのおっしゃる最善の負け方とはそれのことでしょう?」

藤堂が問うと、老人は初めてかすかに笑ったようだった。

「さすがは藤堂。よくぞ読んだ。だが、面従腹背《めんじゅうふくはい》はその性《しょう》に合わぬか?」

「必要とあらば、いたしましょう。しかし、少々、相手を甘く見すぎているのではないでしょうか。ブリタニア側がこちらの意図を見抜《みぬ》き、逆に完膚《かんぷ》なきまでに叩《たた》きのめしにきたとしたら——」

「きてほしいものだな。そこまで理《ことわり》を完全に無視する馬鹿《ばか》者が相手であれば、その後も何かとやりやすかろう」

老人は平然とうそぶいた。

「しかし、さすがにそこまで都合よくはいかぬ。ブリタニア皇帝《こうてい》シャルル・ジ・ブリタニア——あの男はそれほど無能ではない。いかに両国民の大半が感情的になっているとはいえ、現時点で、ブリタニアにとって日本を圧殺する必然性は皆無《かいむ》に等しい。こちらもそうであるが、連中にとっても、この日本が焦土などになってもらっては困るのだ。再建と統治に手間がかかりすぎるからの。屈服させた敵国の富裕層《ふゆう》を利用し、属領として間接支配するのが、ブリタニア本来のやり方。サクラダイトの発掘《はっくつ》施設《しせつ》まで破壊《はかい》してしまっては元も子もなく、また、中華連邦向けの軍事拠点《きょてん》としても役に立たぬ」

「先ほどの方々はどうなります？　あなたのお言葉で、彼らは不退転の覚悟をもってブリタニアにあたろうとするはずです。そうなると、降伏交渉自体、開始できない事態も考えられる」

「そこで、枢木の死が生きてくる。国民の安寧《あんねい》を考え、降伏を決意。一方、強硬《きょうこう》派の軍部をおさえるための割腹自殺――安い芝居《しばい》だが、説得力はある。実際にあやつらをおさえるのは、わしやおぬしの仕事だがな。しかし、脚本《きゃくほん》としては順当である。とにもかくにも、名目上、この国の主権者はいま枢木なのだ。――たとえ、その身体《からだ》が冷えた霊安室《れいあんしつ》にあるとしても」

老人の言葉にはよどみがなく、また迷いもない。声はあいかわらず淡々《たんたん》としているが、その力みのなさが逆に揺るぎのない絶対の自信を感じさせる。

だが、それでも藤堂は素直《すなお》に首を縦に振《ふ》る気にはなれなかった。老人の意見に安易に賛同することなどできなかった。

この老人の考えとしては、日本は一度ブリタニアに降《くだ》っておき、いずれは機に乗じて侵略者どもを海の向こうに叩きかえす――つまりはそういうことなのである。それが狙《ねら》いなのである。

だが、そこで藤堂は思うのだ。

――それでは、あの男とさして変わりないではないか。

あの男とはもちろん。

故枢木《くるるぎ》ゲンブ首相のことである。

――褒《ほ》められた戦い方ではない。

大体、一度でもブリタニアの傘下《さんか》に入ってしまえば、日本の軍事機構はことごとく解体させられる。そこから再び強大なブリタニアを跳《は》ね返す力を育成するには、非常な困難をともなうだろう。ゲリラ的な地下活動だけでどれだけやれるものか。加えてだ。

――戦いがふりだけだとしても、そこに生まれる死だけは現実である……。

本気で戦おうが戦うまいが、戦乱というのは暴であり凶《きょう》である。多数の犠牲《ぎせい》が出る。職業軍人だけではない。民間人にもだ。まして、その後ブリタニアにおとなしく従うというのならともかく、抵抗《ていこう》そのものは続けるというのなら尚更《なおさら》である。

最初から本気でないというのなら、戦わねばよい。

逆に戦うというのなら、最善を尽《つ》くすべきなのだ。藤堂はそう考える。一戦してブリタニアの出端《でばな》をくじき、その後は講和の糸口を探しながら戦線を膠着《こうちゃく》状態に持ちこむ。なにも最初から降伏を前提にする必要はあるまい。ブリタニアといえど弱点はある。そこをうまく衝《つ》けば、勝てないまでも、負けぬ戦いはできるのではないか。そんな理想論――いや、楽観論さえも藤堂の頭にはよぎるのである。

だが、老人はそんな藤堂の考えを読んだようにこう言った。

「将来に明るい夢を見るのは結構なことだがの、藤堂。しかし、現実にブリタニアの足音はすでに目前までひたひたと迫《せま》っておる。利用できるものはすべて利用するべきなのだ。死んだ枢木であろうと――いや、おぬしであろうと、このわし自身であろうと」

「…………」

「よって、いまはこの国のすべての人間に誇《ほこ》りと気概《きがい》と――そして、屈辱《くつじょく》を与《あた》えることを優先する。一度は敗れた。しかし、次は必ず……そのような思いが多く集まれば、いつかはブリタニアという巨人《きょじん》の足元を崩《くず》すこともできるやもしれぬ。まあ、これも明るいといえば明るい夢には違《ちが》いないが――」

そこで、老人はかぶりを振った。

そうして初めて、老人は背後の藤堂を振りかえった。

白い眉《まゆ》の下にある濃灰色《のうかいしょく》の瞳《ひとみ》は、いささかの揺《ゆ》らぎもなかった。

断固とした意志が宿っていた。

「しかし、夢すら抱《いだ》けないようでは、その国に未来などない。たとえ、それが華々《はなばな》しくもなければ、潔《いさぎよ》くもない夢だとしても、の。違うか、藤堂？」

「――」

藤堂はじっと老人の目を見返した。

ただ静かに見つめた。

やがて。

藤堂は深々と息を吐《は》いた。

肩《かた》から力を抜《ぬ》く。

しばしの間をはさんで、藤堂は口調を変えて言った。

「――分かりました。それで、私は何をすればよろしいのです？」

「ふむ……」

老人は再び前を向いた。

「先ほども申したとおり、おぬしはおぬしのすべてを尽くしてブリタニアにあたればよい。それが戦後のわが国の指標ともなる。厳島をくれてやろう。補給物資の手配もわがグループが総力をあげて手はずを整える。大局にのぞむ必要はない。局地戦で負けねばよい。――可能か？」

「ご命令とあらば」

「人事面でもなにか希望があれば、わし自ら手をまわしてやろう。ただし、その前に――」

「その前に？」

「一つ、雑事を片付けてもらわねばならぬ。他《ほか》でもない。例のブリタニアからの預かりもののことだ」

藤堂ははっと息を呑《の》んだ。

そのことを知ってか知らずか、老人はやはり淡々とした口調で言葉を続けた。

「あれは、枢木にとっては取引材料の一つだったようだが——わしにとっては無用の長物だ。少なくとも、事ここにいたってはの。元々、人質《ひとじち》などという悠長《ゆうちょう》な手管が通用するブリタニアではない。そんな時勢でもない。というよりも……」

「…………」

「むしろ、あれこそ爆弾《ばくだん》のようなものだ。枢木がどう考えておったのかは知らぬが、あのままにしておくのは危険すぎる。——まこと、したたかよな、ブリタニアの狼《おおかみ》めは。身内の跡目《あとめ》争いまで、己《おの》が大望の成就《じょうじゅ》に利用しようとしておる。まさしく当代の梟雄《きょうゆう》。あれに比べれば、わしのあがきなど可愛《かわい》いものだ」

「…………」

「余計な話だったかの。——まあ、それはよいとしても、抗戦を叫《さけ》んだその口で、あのようなものを抱《かか》えていては、敵にも味方にも信を失うというもの。とはいえ——丁重《ていちょう》に送り返すには、いささか時機《いつ》を逸した感もあるしの」

「……片をつけよ、と？」

「さて——」

老人はそれには答えなかった。

答えずに、部屋の内装に目をやった。

灰色の視線の先で、花瓶《かびん》に生けられた赤いバラが見事なまでの花を開かせている。

が、すべての花がそうだというわけではなかった。

ひとかたまりになり、鮮《あざ》やかに咲《さ》いた花の中で、それだけは水が合わなかったのか、それとも早く咲きすぎたのか、半ばしおれ、半ば首《こうべ》を垂れている一輪がある。

見ているうちに、その一輪がふわりと花びらを一枚散らした。

すると、老人の顔に今度ははっきりとした笑《え》みが浮《う》いた。

にやりと笑った。

背筋が凍《こお》るような酷薄《こくはく》な笑みだった。

思わず藤堂はぞっとした。

4

――2010・5・14　日本

ナナリーが熱を出した。

あの砂浜《すなはま》で遊んだ二日後のことである。

自分が無理をさせたのかと気に病《や》むスザクに対して、ルルーシュは曇《くも》りのない笑貌《しょうぼう》を向けた。

「体を動かしたら、体が疲《つか》れたんだ。いいことだ」

「いいって何が？」

「少し前まで、ナナリーにはそんなことがなかったってことさ」

車椅子《いす》の生活を続けるナナリーに体力がないのは当たり前である。

だから、普段《ふだん》とは違《ちが》うことをしたら、熱が出た。しかし、ルルーシュはむしろそれでいいと思っている。

ルルーシュが本当に心配しているのは、幼い妹の体よりむしろ心のほうだった。元々、活発とは言えないナナリーだが、母の死以来、ますます閉じこもることが多くなった。自由に歩けなくなったというのもある。が、そもそもその足にしても、また、目にしても、肉体的な損傷より精神的なショックが大きいと医者は言っていた。要は心の病なのであり、体の病とは違うのである。しかし、心の病が普段の生活までも暗くしてしまえば、それは体のほうにも移ってしまう。

外で遊んで、遊びすぎて、体調を崩《くず》したというのは、ナナリーのためにはかえっていいことだろうとルルーシュは思う。そこには暗さがない。前向きでさえある。体調が戻《もど》れば、以前よりもっと元気になるかもしれない。

ルルーシュはそう期待し、同時に決して口には出さなかったが、実はスザクに感謝していた。ナナリーがそういう状態になれたのは、スザクの存在が大きいとも思っている。

父に追い払《はら》われるようにして本国ブリタニアを離《はな》れ、この日本にやってきたとき、ルルーシュは自分一人でナナリーを守っていくつもりだった。ブリタニアには自分たちを煙《けむ》たく思っている人間が多くいる。また、日本人はブリタニア人全体に対して良い感情を持ってない。他《ほか》の誰《だれ》が妹を守ってくれるというのか。

だが、枢木邸《てい》で暮らしていくうちに、子どもながら、ルルーシュには痛感させられたことがある。

——守るというのは、育てるということだ。

母のマリアンヌを失ったとき、無論ルルーシュも動揺《どうよう》し、嘆《なげ》き悲しんだ。しかし、すぐにナナナリーのことを思って立ち直った。いや、本質的にはまだ立ち直ってはいないのかもしれないが、そう思いこむことにした。自分のほうが歳上である。兄なのである。ならば、母がいない以上、妹を守っていくのは自分しかいない。

だが、気負いこんだあと、ルルーシュはすぐに壁《かべ》にぶつかった。なんといっても、ルルーシュもまだ子どもだったのだ。十歳になろうとするばかりの年齢《ねんれい》だったのだ。できることより、できないことのほうがはるかに多かった。

生活面はなんとかなった。母という庇護《ひご》者を失い、異国に送られたルルーシュだったが、それでも大国ブリタニアの皇子である。名と身分を失ったわけではない。日本側の対応は冷淡《れいたん》ではあったが、酷虐《こくぎゃく》ではなかった。生きていくために必要なものは、それなりに与《あた》えてもらった。

その一方で、ルルーシュはナナリーから他者を遠ざけようとした。ナナリー自身もそれを望んでいることは分かっていたし、何より周囲の人間が信用できなかった。だが、そうしているうちにルルーシュはそのことに気づいた。いや、気づかされた。

――このままだと、ますますナナリーが弱くなってしまう。

体のことではない。心である。

本国ブリタニアにいたときも、そして、この日本に来た当初も、ナナリーはルルーシュ一人に頼《たよ》りきっていた。ルルーシュだけを慕《した》い、ルルーシュだけを見ていた。仕方のないことではある。なんといっても、目の前で母を殺された少女なのだ。すがる相手は兄しかいない。

しかし、逆に言えば、それが少女の世界を閉じてしまった。

閉じた世界で人は成長できない。生きていけない。

子どもがやがて成長し、大人になっていくというのは、結局、子ども自身の世界が広がっていくことと同義なのだ。広い世界は怖《こわ》いだろう。不安があるだろう。だが、そこに飛びこんでいかなければ、子どもは大人になれず、逆に朽《く》ちていくのみである。そう、精神的に。

そのことにルルーシュがはっきりと気づいたのは、日本にやってきて五日目の夜だった。たまたま街に用があって、外から帰ってきたルルーシュは、ナナリーの部屋のそれに声を失った。

滅茶苦茶《めちゃくちゃ》だった。

粉々だった。

無数の破片《はへん》が散らばっていた。

ティーカップ、グラス、そして、花瓶《かびん》その他ありとあらゆる割れ物。

出かける前は、普段と何も変わりがなく、それどころか、一緒《いっしょ》に掃除《そうじ》したばかりだったはずの床《ゆか》一面に——。

一瞬《いっしゅん》、誰かの嫌《いや》がらせかとルルーシュは思った。ブリタニアの皇族がのうのうとここに滞在《たいざい》していることが気に食わない日本人のしわざかと思った。

だが、違った。

部屋の扉《とびら》にも窓にも完全に鍵《かぎ》がかけられていて、なにより、ナナリー自身がそんなでたらめ

な部屋の中で当たり前のように座っていたからだ。

ナナリーがそれをやったのだ。

自分で壊《こわ》したのだ。割ったのだ。

もちろん、このときばかりはルルーシュも日ごろの優《やさ》しさをかなぐり捨てて——もっと言えば、我を忘れて——厳しくナナリーを叱《しか》った。だが、ルルーシュをさらに愕然《がくぜん》とさせたのは、ナナリー自身が自分のやったことにまったく無自覚だったことである。ルルーシュの叱声《しっせい》を聞いて、ナナリーはむしろ不思議そうな顔をした。演技などではない。明らかになぜ怒《おこ》られているのか分からないという表情だった。自分のしたことをまったく覚えていない顔だった。

さしあたって、ナナリーのそばから割れ物や刃物《はもの》を遠ざけることにしたが、問題はまるで解決されなかった。無論ルルーシュがそばにいるときは、ナナリーもそんなことはしない。しかし、問題はルルーシュがいないときである。頼るべき兄から離されると、少女の精神は自分を見失ってしまうらしい。

外出から帰ってくると、タンスの中の衣類という衣類が部屋にばらまかれていることがあった。

壁《かべ》でも叩《たた》きつづけたのか、小さな手が青あざで腫《は》れていることもあった。

ベッドのシーツが爪《つめ》で引き裂《さ》かれていることさえあった。

横倒《よこだお》しになった車椅子《いす》のそばで、ナナリー自身が額から血を流していることすらあった。

ルルーシュは途方《とほう》に暮れた。

どうしてこうなるのか、まったく理解できなかった。……いや、いまとなっては、おぼろげながら分かる。あれはナナリーが発していたサインだったのだ。どこにもいかないでほしい。ただ、自分だけのそばにいてほしいという――。

しかし、現実にルルーシュは常にナナリーの横にいるというわけにはいかなかった。というより、それはかえって逆効果だった。ルルーシュがそばにいれば、ナナリーも周囲を傷つける行為《こうい》はしない。が、そうすると、ナナリーの心がますますルルーシュ一人に傾斜《けいしゃ》していく。

おそらくルルーシュだけではどうすることもできなかっただろう。これはまさに悪循環《あくじゅんかん》であり、ルルーシュがナナリーを庇護《ひご》しようとすればするほど、ナナリーの中でルルーシュへの依存《いぞん》度が高まるのである。すると、ルルーシュが離《はな》れたときのナナリーの不安はさらに増す。ナナリーを大切に思えば思うほど、それがナナリーの心を病《や》ませてしまう。

そう。

枢木スザクという少年が、自分たちの生活の中に入りこんできたのは、そんなときだった。

はっきり言ってしまえば、ルルーシュは最初この少年のことが嫌《きら》いだった。元気者といえば聞こえはいいが、やることなすこと乱暴で、品がなく、仮にも一国の首相の息子《むすこ》とは到底《とうてい》思えなかった。日本の子どもは最低だとさえ思った。助けられたことはあったが、本心からの礼なんか言うものかと思っていた。

ところがである。

スザクが、一ヶ月前まで自分たちの住んでいたあの部屋にやってくるようになると、ナナリーの行為がぴたりと止まった。

あるいは、最初はナナリーも他者の目があることに緊張《きんちょう》していただけなのかもしれない。ナナリーの奥底にあるもう一人の彼女が、それを見せていいのはルルーシュだけだとブレーキをかけただけなのかもしれない。

だが、とにもかくにも、ナナリーの行為はやんだのだ。それどころか、スザクがあの調子で人見知りなどまったくせず、ついでにこちらの身分や立場などにまったく頓着《とんちゃく》せず、ずかずか上がりこんでくるようになると、ナナリーの態度からは硬《かた》ささえも失われてしまった。本心を言えば、ルルーシュはあぜんとし、同時に悔《くや》しくもあったのだ。なぜ、自分にできなかったことが、この少年にはできてしまうのか。しかし、そのとき初めて、ルルーシュはスザクを見たとも言える。野蛮《やばん》な日本人の子どもなどという色眼鏡《いろめがね》ではなく、枢木スザクという一人の少年のことを注視するようになったともいえる。

もしかすると、スザク自身は、ルルーシュがスザクと打ち解けたから、ナナリーもスザクと打ち解けるようになったとでも思っているのかもしれない。兄がそうしたから、妹もそうなったと考えているかもしれない。

しかし、事実はまったく逆だった。ルルーシュは単に預けられている家の長男にあまり嫌われるのも良くないと思って、それなりの接し方をしていただけなのだ。ルルーシュが本心からスザクを信じる気になったのは、ナナリーがスザクを受け入れたからである。ナナリーの閉じた世界に光をあててくれたからである。

そして、それはいまも変わってはいない。

そう思っている。

しばらく天気のよい日が続いている。

乾燥《かんそう》しているわけではないから、窓から入りこんでくる空気はむしろさわやかだった。眼下に広がるのは真っ青な海。寄せては返す波の音が耳に心地《ここち》よい。

ナナリーがそうしてほしいと言ったので、ルルーシュは寝室《しんしつ》の窓を開けっぱなしにしていた。風邪《かぜ》をひいたわけではないのだから、それもいいだろう。実際、気温は十分に高く、換気《かんき》のことを考えれば、空気の通り道は作っておいたほうがよかった。

窓を開けてからしばらくすると、すうすうとナナリーの寝息《ねいき》が聞こえはじめた。

薬のようなものは飲ませていない。

それでも、部屋のベッドで横になった少女の寝顔は穏《おだ》やかだった。安心しきっていた。

ルルーシュはその顔を見て微笑《ほほえ》み、そうして、もう一度、窓の外に目をやった。

　そこで、ふと眉《まゆ》をひそめた。

　眠《ねむ》っているナナリーを起こさないよう、ルルーシュは足音を忍《しの》ばせて寝室を出ると、邸《やしき》の表口に向かった。

「スザク」

　玄関《げんかん》を出たルルーシュが声をかけた先には、ちょうどいま正門から外に出ようとしていたらしいスザクの姿があった。

　スザクの右手には空の買い物カゴがある。

「出かけるのか？」

　近寄っていき、ルルーシュがカゴを見ながらたずねると、スザクはうんとうなずいた。

「梨《なし》ってわけにはいかないけど、苺《いちご》くらいはな」

　ナナリーの好物が果物全般《ぜんぱん》であることはスザクも知っている。

　ただ、それを邸の使用人に頼《たの》まず、わざわざ自分で買いに行こうとしているところが解《げ》せなかった。

　ルルーシュがその点を指摘《してき》すると、スザクは軽く笑った。

「買いにいくのが店じゃないんだ」

「店じゃない？」

「ああ。でも、名人だ」

スザクの話では、この近くに昔から知っている農家があるらしい。

老夫婦《ろうふうふ》がほそぼそとハウス栽培《さいばい》をやっていて、そこで採れる苺やトマトが実に美味《おい》しいのだという。

どちらかというと、農業というより趣味《しゅみ》で作っているようなものだそうだが、

「俺が行けば、大丈夫《だいじょうぶ》だ。じいちゃんとは仲良しだから」

「ふ〜ん……」

ルルーシュはあいまいにつぶやいた。ちらりと目の前に立つスザクに目を走らせる。

スザクの格好は、いつもの胴着《どうぎ》と袴《はかま》を着た姿ではなかった。紺色《こんいろ》の半ズボンに当たり前のTシャツ。それでいて、腰《こし》にはあいかわらず木刀をさげているところが、妙《みょう》にアンバランスだった。

それを見てから、ルルーシュは少し考え、自分も一緒《いっしょ》に行くと申し出た。

スザクは目を丸くした。

「いいよ。お前はナナリーのそばに……」

「ナナリーはいま寝てる。それに、君がナナリーのためにその『じいちゃん』とやらに頼みごとをしてくれるというのなら、僕もきちんと挨拶《あいさつ》しておくべきだろう」

「いや、そういうことじゃなくてな」

「それとも、僕が行くと、かえって邪魔《じゃま》か？」

「そんなことはないけど」

「なら、行こう」

話はそれで決まりだった。


暑気が強い。

松林を抜《ぬ》けて表の道に出ると、強い日差しが目をさした。立っているだけで汗《あせ》をかきそうな陽気である。

つい先日までコートが必要な日もあったというのに、季節の変化は本当に早い。

実際、ルルーシュが四季というものをこれほど実感するのは、日本に来てからだった。ブリタニアの宮殿《きゅうでん》にも季節の変化は無論あったが、こんなに目まぐるしく、そして、鮮《あざ》やかに変化するものではなかった。

両脇《りょうわき》に田畑が広がるあぜ道を並んで歩いていると、スザクの手が彼方《かなた》に見える小さな赤い屋根を指差した。

あの家だという。

ぽつんと山のふもとに建つその家は、明らかにちょっと行って帰ってこられるような距離《きょり》にはない。

「ぜんぜん近くないじゃないか」

当然のことながらルルーシュが文句を言うと、スザクは平然と応じた。

「だから、家にいろって言ったんだ」

「……忘れてた。君が底なしの体力バカだってことを」

「気が変わった。無理やりにでも連れてく。ペースは落とさないからな」

言葉どおり、スザクはそうした。

無論、山道を行くわけではない。行くわけではないのだが、肌《はだ》を刺《さ》す暑気と、えんえんと続くあぜ道にルルーシュは閉口した。

目的地に着いたのは、邸《やしき》を出て一時間もしたころだった。

いかにも素朴《そぼく》な民家から出てきたのは、作業着姿の老夫婦で、スザクを見ると、二人とも目じりを下げて喜んだ。どうやら仲良しというのは本当らしい。もっとも、ルルーシュが意外に思ったのは、夫婦がスザクだけではなくルルーシュのことも歓待《かんたい》してくれたことだった。

「坊《ぼう》の友だちかい？」

坊というのはスザクのことらしかった。

「は、はい」

「ずいぶん歩いて疲《つか》れたろう。少し休んでおいき」

言われるままに家に上がって、飲み物やお菓子《かし》までご馳走《ちそう》になった。

――ブリタニア人だと気づいてないんじゃないか？

ルルーシュはそう思い、老夫婦の家からの帰途《きと》、スザクにもそう言ったのだが、これには少し怒《おこ》ったようにスザクが言い返してきた。

「お前、日本人がみんなブリタニア嫌《ぎら》いだと思ってるだろう」

「そうは言わないけど……」

「いいや、思ってる。前から思ってたけど、お前のそういう誰《だれ》も彼も敵みたいな態度だけは少し嫌いだ」

面と向かって嫌いと言われて、さすがにルルーシュもむっとした。

「君だって、前に似たようなことを言ってたじゃないか」

出会った最初のころ、ブリタニア嫌いを連呼していたのはむしろスザクのほうなのである。

ルルーシュがそう言うと、道を歩くスザクは否定せず、そうだなとつぶやいた。

その手にはナナリーのために持って帰ろうとしている苺《いちご》をどっさり詰《つ》めこんだ買い物カゴがあった。

ちなみに、買ったのではなかった。スザクからナナリーの話を聞いた老夫婦が、そういうことならと無償《むしょう》で譲《ゆず》ってくれたのだ。

カゴの中の瑞々《みずみず》しい苺をちらりと見て、スザクは言葉を続けた。

「でも――本当に嫌ってるのは、ほんの少しだけなんだ」

「何の話だ？」

「みんな、周りがそう言ってるから、自分もそうだって思いこんでるってこと」

その口調にはどこか過去を思い出しているような響《ひび》きがあった。

それでルルーシュも沈黙《ちんもく》した。

なんとなくスザクの言いたいことが分かった。

要するに、スザクは以前の自分がそうだったと言っているのだろう。

しかし、言い換《か》えれば、それは、いまのスザクは違《ちが》うということでもある。ルルーシュやナナリーと出会って変わったということである。

――自分のことも信用できないか？

そんなことをスザクに問われたような気がルルーシュにはした。

日がいくぶん傾《かたむ》きかけている。

あぜ道も終わりに近づき、枢木の別邸《べってい》を取り囲む松林が目前に迫《せま》っていた。

二人は黙《だま》りこくったまま道を進み、車の通りのない県道を横断してから林に囲まれた私道に入った。

木々の影《かげ》が濃《こ》い。

夕暮れ時というわけではなかったが、邸の正門に続く道は薄暗《うすぐら》かった。

と、そこでスザクが不意に足を止めた。

「どうしたんだ？」

沈黙を破り、ルルーシュは振《ふ》り返った。

すると、スザクが手に持っていた買い物カゴをすっとルルーシュに差し出してきた。

意味が分からない。

だが、ルルーシュが疑問を口にする前に、スザクのほうが先に口を開いた。

「先に戻《もど》っててくれ、ルルーシュ」

妙《みょう》に静かな声だった。

ルルーシュは首をかしげた。

脳裏《のうり》に既視《きし》感があった。

以前にも……こんなことがあったような記憶《きおく》がある。

「まさか――また忘れ物をしたとか言うんじゃないだろうな」

そうだとしたら、大変だ。あの老夫婦《ろうふうふ》の家はいくらなんでも遠すぎる。

というより、取りに戻るのなら、別の日にするべきだろう。

いまからでは、帰りが夜になってしまう。

ルルーシュはそう思い、実際に忠告しようとしたのだが、するとまた、スザクが言った。

「早く行くんだ」

今度は言葉に焦《あせ》りのようなものが感じられた。

さすがにルルーシュも顔をしかめた。

「どうしたんだ、いったい」

「いいから。急げ」

「急げって言われても――」

しかし、言いかけたルルーシュはそこで声を呑《の》みこんだ。

ルルーシュもそれに気づいたからだ。

いや、おそらく気づいたという表現は正しくない。

気づくことができたのはスザクだけであり、ルルーシュは単にそれが見えただけだ。

濃く茂《しげ》った松の木。

周囲を取り囲む何本ものその陰《かげ》から――。

ゆらりと、幽鬼《ゆうき》のような影が、何人もの男たちが姿を現した。

＊

全員が黒ずくめだった。

肌《はだ》にぴったりとフィットしたラバースーツといい、顔を厚く隠《かく》す覆面《ふくめん》といい、それだけを見れば冗談《じょうだん》のような姿だ。

しかし、冗談ではないことは、覆面の隙間《すきま》からのぞく目を見れば明らかだった。

見るものを射すくめるような、鋭《するど》い眼光。

そして、じりじりと自分たちの退路をふさぐようにして広がっていく包囲の輪。

人数は……全部で七人。

――誰《だれ》だ！

だが、ルルーシュが誰何《すいか》の声を発しようとする前に、スザクの声が低く言った。

「……この間から、うちの周りをうろついてたやつらだな」

「え――？」

思わずルルーシュは振り返った。

その瞬間《しゅんかん》、だった。

突風《とっぷう》が、ルルーシュの横を駆《か》け抜《ぬ》けた。

黒く奔《はし》る、あまりにも小さな影《かげ》。

だが、速度が普通《ふつう》ではない。

弾丸《だんがん》のように飛ぶ。

放たれた矢のように一直線に迫る。

「なっ……！」

ルルーシュが声をあげたときにはもう、影は周囲を取り囲む男たちの一人に肉薄《にくはく》していた。

踏《ふ》み込みざま、腰《こし》からそれを引き抜き、一閃《いっせん》する。

真新しい木刀――。

くぐもったうめき声は、わずかにタイムラグがあった。

だが、それが演技でもなく、幻《まぼろし》でもないことは、直後、どうと地面に崩《くず》れ落ちた覆面の男の体そのものが証明した。

――沈黙《ちんもく》があった。

あぜんとしたような気配が辺りにただよった。

間の抜けたことに、ぽかんとしているのは周囲に現れた男たちのほうだった。

目の前で起きたことが信じられない――顔の表情は見えないが、空気がそう言っていた。

そして、それはルルーシュも同じだった。

むしろ呆然《ぼうぜん》と、ルルーシュは影を――倒《たお》れ伏《ふ》した男の横に立つその少年を、木刀を手にしたスザクを見た。

ろくに相手のことを確かめようともせず、先手必勝とばかりに相手に襲《おそ》いかかったその行動に驚《おどろ》いたせいもある。

しかし、それ以上に、その動きだった。

正直、ルルーシュの目にはスザクが何をしたのかさえ視認《しにん》できなかった。

――冗談ではない。

確かに、スザクは運動神経がいい。喧嘩《けんか》も強い。それはルルーシュなどにしても身をもって知っている。――なにしろ、初めて出会ったその日に、殴《なぐ》り合いの喧嘩を演じた二人なのだ。

しかし、それはあくまでも同じ年《とし》ごろの子たちの間でガキ大将であるというだけであって、いま目の前にいる男たちはれっきとした大人なのである。もちろん、その動きを見れば、さほど訓練された人間とも思えないが、それでも腕力《わんりょく》その他には差があるはずなのである。

それを完全に不意打ちだったとはいえ、たかだか木刀一本で叩《たた》きのめしてしまった。

――いったい、何をした？

ルルーシュが自分の目を疑ったとしても無理はないだろう。

だが、事態はそんなルルーシュの戸惑《とまど》いさえ許してくれなかった。

倒れた男のそばにいたスザクが鋭く叫《さけ》んだ。

「馬鹿《ばか》っ。なにしてる、ルルーシュ！　走れ！」

「え――」

「こいつらはお前とナナリーを狙《ねら》ってるんだ！」

その言葉に、はっとルルーシュは我にかえった。

即座《そくざ》に意識が切り替《か》わった。

ためらいも迷いもない。

弾《はじ》かれたように、ルルーシュはその場から駆けだした。濃《こ》い林の中を走りだした。

そのことが残った男たちの目も覚ましたらしい。

あわてて、ルルーシュの後を追おうとする。

しかし、その眼前にすばやく回りこんだ影があった。

純粋《じゅんすい》な日本人にしては色素の薄《うす》い髪《かみ》をした少年。

「――行かせない」

まるで、教則本にでも載《の》っているような、その見事なまでの正眼の構え――。

＊

道は決して平坦《へいたん》ではない。

地面から木の根のようなものは出ていないが、それでも砂をたっぷり含《ふく》んでいる。全速で走ろうとすると足をとられそうになる。

それをなんとかこらえ、ルルーシュは懸命《けんめい》に駆けた。

頭の中は一つのことでいっぱいだった。

――ナナリー。

胸のうちに激しい後悔《こうかい》があった。

実を言うと、一ヶ月前、枢木の本家からこの別邸《べってい》に移され、ここで暮らすようになってから、ルルーシュは少し気を抜いていた。油断していた。

邸《やしき》の空気があまりに静謐《せいひつ》だったこともある。

だが、それ以上に、ここには人が少なかった。あの枢木の本家があった街に比べて、ブリタニアという名に嫌悪《けんお》を示す人間と出くわすことがほとんどなかった。

日本に来て、初めて穏《おだ》やかに過ごせた。

ナナリーの状態が以前と比べて格段に落ち着いていることも、ルルーシュの心の帯を緩《ゆる》めていた。

しかし、それがいけなかったのだ。

隙《すき》になってしまったのだ。

——くそっ。

あの連中は何者だ？

日本人か、ブリタニア人か。だが、その疑問の無益さをルルーシュはすぐに悟《さと》る。

あの連中がどこの国の人間かはこの際どうでもいい。問題ではない。

問題なのは、彼らが誰《だれ》の命令で、何の目的を持っているか、だ。

実際のところ。

ルルーシュは、ここ日本でいつ自分やナナリーの身に危険が迫《せま》ってもおかしくはないと思っていた。

それは、単に自分たちが「人質《ひとじち》」などと呼ばれる立場にあるからではない。

というより、自分たちは「人質」ではない。そんな価値はない。

むしろ、「生贄《いけにえ》」というべきなのだ。

あの男。

父、ブリタニア皇帝《こうてい》シャルル・ジ・ブリタニア――。

考えてみるといい。

いま、この瞬間《しゅんかん》、自分やナナリーの身に何かあったら、一番得をするのは誰か？

ブリタニアへの反感をつのらせている日本ではない。

自分たちに隔意《かくい》を抱《いだ》いている本国の他《ほか》の皇族でもない。

あの男なのだ。

日本に留学生として送りこんだ皇子と皇女が、その日本で命を落とす――。

あの男は手を打って喜ぶだろう。

いい、いい、いい、これで日本に攻めこむ口実ができた、と。

日本という国をブリタニアが蹂躙《じゅうりん》するためのいい理由づけができた、と。

実際に自分たちの身を傷つけるのは、敵意むき出しの過激な日本人なのかもしれない。あるいは、母を殺した連中なのかもしれない。

しかし、結局、そうした自分たちの危《あや》うい立場を知りながら、平然と日本行きを自分たちに命じたのはあの男なのだ。

むしろそうなることを期待して、情け容赦《ようしゃ》なく自分たちを切り捨てたのは、あの男なのだ。

無論、最初はルルーシュもそのことに気づいていなかった。

だが、この日本に来て気づいた。ブリタニアという名に敵意むきだしの日本人たちを見て、気づかされた。

——クズ同然の駒《こま》。

しかし、どうせ壊《こわ》れるのなら、それは本国ではなく、他国のほうがいい。そのほうが役に立つ。

だから、自分たちは身一つでこの日本に送られた。大体、仮にもブリタニアの皇族ともあろう者が、SPの一人も付けられずに他国へ留学させられること自体、常識を外れている。そこに悪意を感じないほうがどうかしている。

ルルーシュは状況《じょうきょう》を考えた。いまの境遇《きょうぐう》を、自分なりの目で見据《みす》えた。

考えて、考えつづけて、そして、出した結論がそれだった。

——父は自分たちの死を望んでいる。

積極的ではないにせよ、そうなれば都合がいいと考えている。

臓腑《ぞうふ》が冷えた。

そこまで、あいつは人間じゃないのか、と激昂《げきこう》した。

だが、激昂したあと、すぐにルルーシュは冷静さを取り戻《もど》した。

怒《いか》り狂《くる》っている場合ではなかった。

以前。

スザクなどがルルーシュの態度を見て思ったことがある。

いくらなんでも、周りの人間を警戒《けいかい》しすぎだ、と。

度をこしている、と。

しかし、ルルーシュにしてみれば、そうする必要があったのだ。誰も信用はできない。日本人も、そして、同じブリタニア人でさえも。

そう、一ヶ月前のあのことだって――。

その瞬間、道を走りつづけていたルルーシュは、はっと立ち止まった。

松林はすでに途切《とぎ》れていた。

別邸の正門はすぐそこだった。

いかにも日本風の建物には、別におかしな気配はない。

喧騒《けんそう》はない。

こう見えて、この邸《やしき》のセキュリティはしっかりしている。というより、むしろ当然だろう。場合によっては、一国の首相が滞在《たいざい》するような建物なのだ。警備装置の類《たぐい》がないほうがおかしい。もちろん、ルルーシュもそのことは知っていた。

警報一つ聞こえない静けさは、この邸の中では何も起こっていないことの証《あかし》だった。

ナナリーも中にいるだろう。

もちろん、ルルーシュはすぐに邸に入るべきだった。

中に入って、ナナリーのもとへ行くべきだった。

だが、そうする直前に、ルルーシュの足は止まった。

止まっていた。

背後を振《ふ》り返った。

濃《こ》く茂《しげ》った松林。

暗く覆《おお》いかぶさった木々の影《かげ》。

――自分を。

ただ自分を逃《に》がすためだけに、残ったあの少年――。

ルルーシュはきつく唇《くちびる》をかみ締《し》めた。

＊

男はもはやあきれていた。

道の真ん中に立ちはだかったちっぽけな影。

だが、その影の横に二人目の犠牲者《ぎせいしゃ》が倒《たお》れていた。

無論、これも不意打ちを食《く》らったようなものである。

相手は子どもと思い、取り押《お》さえようと近づいたところ、またあの木刀でやられたのだ。首ねっこを捕《つか》まえようとした瞬間《しゅんかん》、その仲間は喉《のど》を突《つ》かれた。うめき声一つ発することもできずに倒れた。

そして、ちっぽけな影は倒れた男には見向きもせず、再び木刀を正眼に構えなおしている。

あどけない顔に気魄《きはく》をみなぎらせて、周囲をにらみつけている。

ちっ、と、男は舌を鳴らした。

男はこの集団のリーダー格だった。度重《たびかさ》なる部下の失態には腹が立ったが、冷静さは失っていなかった。

仲間に目配せする。

——先に行け。

所詮《しょせん》、相手は子ども一人である。ただの子どもではないことは分かったが、だからといって、別に恐《おそ》れるようなことはない。付け加えると、彼らの目的はこの子どもではない。

仲間の一人がそろそろと動いた。

道をはずれ、林を通って、逃げた子どものほうを追いかけようとした。

だが――。

そのときだった。

今度こそ、男は大きく目を見張った。

子どもの姿が消えた。

いや、実際には消えたわけではなかったが、そうとさえ錯覚《さっかく》するほどの速度で影が動いた。迂回《うかい》して、逃げたほうの子を追おうとした仲間に向かって、一直線に奔《はし》る。太くもない腕《うで》には負担だろうに、しっかりと構えた木刀の先を空恐《そらおそ》ろしいほどの正確さで突きだす。みぞおちに入る。もちろん、真剣《しんけん》ではない。ないから、皮をやぶり、肉を裂《さ》くことはない。しかし、勢いとスピードが尋常《じんじょう》ではない。

「ぐっ！」

覆面《ふくめん》の内側から一声発して、突かれた仲間の体が傾《かたむ》いた。

そのまま、崩《くず》れるようにして地面に倒れこむ。

今度は、子どもが――少年スザクが地面に崩れ落ちた相手をちらりと見た。

「行かせないって言っただろう」

どこか感情の欠けた口調だった。

そして、また木刀を構える。

教科書どおり、基本どおり。

だが、しかし、まぎれもなく触《ふ》れる者を打ち倒すだけの気魄をこめて、木刀の先が男たちに向けられる。

事ここにいたって、男の意識も変化した。

子どもと侮《あなど》っていい相手ではない。

そう思った。

こんなことになるのなら、この手の専門家を連れてくるべきだったと後悔《こうかい》した。が、それはもう言っても始まらない。

その代わり、男は本気になった。

ありていに言って、相手が子どもであるという事実を頭から消し去った。

そして、それで――。


スザクの負けは、完全に決まった。

男が自ら地を蹴《け》る。

木刀を構えたスザクに迫《せま》る。スザクがわずかに刀を低くする。その瞬間、男は足元の砂を蹴りあげた。

「あっ……」

不意の目つぶしを食らって、スザクの姿勢が崩れた。そこに男の膝《ひざ》が飛ぶ。腹に入る。

「がっ……！」

小柄《こがら》な少年の体が吹《ふ》っ飛んだ。

そのまま背後の松の木に叩《たた》きつけられた。

意識を失わなかったことはむしろ幸運といっていいだろう。いや、それどころか、激烈《げきれつ》な痛みと呼吸困難の中でスザクはなおも動こうとした。叩きつけられた衝撃《しょうげき》で手から落としてしまった木刀を拾おうとする。しかし、そこに男の腕が伸びる。スザクの右手をひねりあげ、うつぶせに地面に押さえつける。

「こ、この……」

スザクが声を発しようとしたところで、さらに男は強く少年を地面に押しつけた。

そのときだった。

「スザク!」

男の腕の下で、スザクがかっと目を見開いた。

＊

結局のところ。

ある種の危機意識と絶望は、子どもに歪《ゆが》んだ早熟を促《うなが》すものらしい。

それも成長の一つの形だという見方もあるのかもしれないが、一方でそれは危険なことである。放《ほう》っておけば、引き返せない迷路《めいろ》に入りこむ道である。

そういう意味において、神聖ブリタニア帝国《ていこく》第十一皇子、ルルーシュ・ヴィ・ブリタニアという少年はひどく早熟な少年だった。

ルルーシュの目から見る世界は、冷めていた。

冷えきっていた。

――どこにも味方などいない。

そう思う子どもにとって、世界のどこが温かくなれよう。熱くなれよう。

妹の、ナナリーのことは言えない。

彼、ルルーシュ・ヴィ・ブリタニアもまた心に病を抱《かか》える一歩手前の人間だったのだ。いや、むしろ、体に症状《しょうじょう》が現れないだけ、彼のほうが妹よりもたちが悪いと言えたのかもしれない。

しかし、ルルーシュはその少年に出会った。

少年はルルーシュにとって敵でも味方でもなく、だが、まぎれもない「ヒト」だった。

ときどき、ルルーシュは思う。

なぜ、彼は、あの少年は自分やナナリーのそばにいてくれたのか、と。

放っておけばいい。

こんな冷たくて乾《かわ》ききった自分になど、付き合う必要はない。

だって、そうじゃないか。

そんなことをしても、彼には一文の得にもならない。そんなことをする必要なんてまるでない。

――ルルーシュは知らない。

本当は、それこそが、ルルーシュが心の底から望んでいた存在なのだと。

母を失い、父の本当の姿を知ってから、潤《うるお》いを失っていく心が、悲鳴をあげる自分が、すがるように望んでいたものなのだと。

ただ。

焼けつくような焦燥感《しょうそうかん》だけがあった。

失ってはならない。

その思いだけがあった。

感情だけがあった。

そう。

だからこそ。

この日本に来て初めて、ルルーシュは本当に馬鹿《ばか》なことをした。

＊

「スザク！」

その場に駆《か》けつけたとき、ルルーシュが見たのは、完全に男たちの一人に取り押《お》さえられてしまったスザクの姿だった。あの木刀を奪《うば》われ、クセ毛の髪《かみ》をつかまれ、苦しげな顔を砂まじりの地面に押しつけられた姿だった。

だが、それでもスザクは男の腕《うで》の下から怒鳴《どな》った。

「馬鹿！　ルルーシュ、なんで戻《もど》ってきたっ！」

一瞬《いっしゅん》、ルルーシュは言葉に詰《つ》まった。

正直、その問いの答えはルルーシュにも分からなかった。

実際、スザクの言うとおりだと思った。

まったく、自分はなんだってこんなことをしているのか。

そんな必要なんてないのに。

自分は妹の、ナナリーのことだけを考えていればいい。

それが、ルルーシュ・ヴィ・ブリタニアという人間だったはずなのに——。

スザクがまた叫《さけ》んだ。

「早く逃《に》げろ！　お前みたいな弱虫が勝てる相手じゃない！」

これには少しかちんときた。

「弱虫って……心外だな。君だって、結局手も足も出なかったくせに」

「!?」

スザクの目がさらに大きく見開かれる。

「ば、馬鹿っ。お前、こんなときに……」

「それに言っとくが、この場合、君の行動のほうが無謀《むぼう》だ。僕がバカなら、君は大バカだ——それはそうと」

そこで、ルルーシュはじろりと辺りを見渡《みわた》した。

「よくも、僕の友達を痛めつけてくれたな」

「！」

スザクを取り押さえていた男は、いささかあっけにとられたようにこの成り行きを見ていた。

が、ルルーシュのその言葉で自分を取り戻したらしい。

無言のまま、あごをしゃくって、仲間に合図した。

倒《たお》れている男たちを除いて、手の空いているのは三人。

足音も立てずに、道の真ん中に突《つ》っ立ったルルーシュを取り囲む。

だが、当のルルーシュは露《つゆ》ほども動じていなかった。

おびえの欠片《かけら》もなかった。

平然と言った。

「お前たちが誰《だれ》かなんてことは聞かない。どうせ、聞いても答えてはくれないんだろう」

「ル、ルルーシュ……？」

「ただ、これだけは言っておいてやる。お前たちは――愚《おろ》かだ」

そう言って、ルルーシュはふっと笑った。

男たちがじわじわと包囲網《ほういもう》をせばめていく。

黒い腕が、毅然《きぜん》と立つ黒髪の少年に伸《の》びようとする。

が、その瞬間だった。

けたたましいまでのサイレンの音が周囲に響《ひび》き渡った。

男たちがはっとしたように辺りに目をやった。

そこに、ルルーシュのとぼけたような声がかぶさった。

「どこかの不心得者が、火災報知機のそばでタバコでも吸ったかな？」

ちらりと、ルルーシュの目がスザクを組み敷《し》いている男に向けられた。

端整《たんせい》な顔はあいかわらず、年齢《ねんれい》にそぐわない不敵な笑《え》みを浮《う》かべたままだった。

「ふん——最初の一撃《いちげき》で決めておかないから、こういうことになるんだ。さて、どうする？　この場で僕たちだけでも始末しておくか？　別にいいけど、そうなったら、お前たち逃げられないぞ。そんな格好をしてるところを見ると、正体がばれるのは困るんだろ。いまなら、こっちも単なる誤報ってことにしといてやってもいいけど」

それは、明らかに取引だった。

交渉《こうしょう》だった。

すべての状況《じょうきょう》を計算した上での。

自分たちをこのまま見逃《みのが》せ。

かわりに、そちらも見逃してやるという——。

到底《とうてい》、十歳の子どもにできるようなことではない。

覆面《ふくめん》の隙間《すきま》に見える男の目にも驚《おどろ》きが表れた。

だが、逡巡《しゅんじゅん》はわずかな時間だった。

男はルルーシュの目を見たまま、ゆっくりとスザクから手を離《はな》した。

仲間たちにも目配せする。

そうして、男たちは一斉《いっせい》に身を引いた。意識を失ったままの仲間を担《かつ》いで地を蹴《け》った。無論、ルルーシュに向かってではなく、濃《こ》い松林の中に向かって。

またたくまにその姿が消える。

木々の向こうに黒い影《かげ》が遠くなる。

サイレンはあいかわらず鳴りつづけていた。

だが、そこにあったのは確かに——。

緊張感《きんちょう》に満ちた静寂《せいじゃく》だった。

やがて、サイレンの音がわずかに小さくなる。

それで、ようやくルルーシュはほっと息をついた。

あぜんとしたように地面に倒れたまま自分を見上げているスザクに目をやった。

そうして、今度はにっこりと笑った。

会心の笑みだった。

「こういうのは、僕のほうが得意みたいだな」

＊

――大失態だった。

林の中を走りながら、男は何度舌打ちしたか分からない。

たかが子どもと思って、見くびりすぎた。いや、それにしても、尋常《じんじょう》な子どもではない。どちらも。

とにかく、計画は練り直しだった。

仕切り直しだった。

後ろで走りつづける仲間に向かって、男は低く告げた。

「……次はこんな失態は許されませんよ」

仲間の全員が無言でうなずく。

が、そのときだった。

「いや。次はない」

不意の声と同時に、周囲に無数の殺気が湧《わ》き起こった。

木々の陰《かげ》から無機質な銃口《じゅうこう》が現れた。

男たち全員の足が止まった。

そこに、長身の影が近づいてくる。

こちらも銃を構え、濃い緑色の軍服を身に着けた一人の軍人が近づいてくる。

その挙措《きょそ》、殺気。すべてがまぎれもなく本物だ。さっきの子どもとはわけが違《ちが》う。

そうして、軍人は――藤堂鏡志朗は、リーダー格の男の前で立ち止まると、静かに告げた。

「あるとすれば、そちらが出す条件次第《しだい》だな」

ゆっくりと。

男は両手をあげた。

＊

「ほら、肩《かた》につかまれ、スザク」

「あ、ああ……」

すでに辺りは夕闇《ゆうやみ》に包まれようとしていた。

薄暗《うすぐら》い林道を折り重なるようにして歩く二人の少年。

共に無言だった。

黙《だま》りこんだまま、邸《やしき》の明かりに向かって歩きつづけた。

肌《はだ》をなでる空気はいくらか冷たくなっている。

あの老夫婦《ろうふうふ》からもらった苺《いちご》の入った買い物カゴを持っているのは、いまはルルーシュのほうだった。

何ごともなく、ナナリーには心配をかけることはせずに、心配させるようなことは言わずに——互《たが》いに一言も言葉を交《か》わさずとも、それだけは同意のうちに——家に帰って、いつものように、柔《やわ》らかな空気の中、みんなで食べる苺。

邸のぼんやりとした明かりが近づいてくる。

ふと、ルルーシュの肩を借りたスザクが口を開いた。

「ルルーシュ。俺は……」

それをさえぎって、ルルーシュはたずねた。

「いつから気づいてたんだ？　さっきのやつらのこと」

「あ……ああ」

返事はためらいがちだった。

「あのときだ。おととい砂浜《すなはま》で」

「やっぱり、そうか」

ルルーシュの言葉は逆に淡々《たんたん》としていた。

「あのときもやりあったのか？」

「いや。あのときは——ただ周りをうろうろしていただけだったから」

「ふ〜ん。で、今日は僕を守ろうと？」

「……ああ」

「大迷惑《だいめいわく》だ」

きっぱりとルルーシュは言い切り、スザクははっとしたようにその顔をのぞきこんだ。

また沈黙《ちんもく》があった。

そうして、スザクはわずかにうなだれた。

「そう……だな。結局、何の役にも立たなかった」

「勘違《かんちが》いするな、スザク」

ルルーシュは首を振《ふ》った。

「僕が迷惑だって言ってるのは、なんで前もってやつらのことを教えてくれなかったのかってことだ。分かっていたなら、今日みたいなことにもならなかったかもしれない」

「それは……」

「僕が怖《こわ》がるとでも思ったのか？」

「そうじゃないけど」

「あんまり見くびらないでくれ、スザク。これでも僕はブリタニアの皇子なんだ。ああいうことにもわりと慣れてる」

「………」

「それに――君が、僕やナナリーのために危険をおかす理由なんてない」

ルルーシュとしては、特別な感情などこめずに言った言葉だった。

なにげなく忠告をしただけのつもりだった。

が、しかし。

不意にルルーシュの肩から重みが消えた。

怪訝《けげん》に思ってルルーシュは振り返る。

スザクが林道の真ん中で立ち止まっていた。

うつむいていた。

辺りの薄暗さもあってか、その影《かげ》がいつにも増して薄くなっているようにも見えた。

「スザク？」

声をかけても、スザクは顔をあげなかった。

ただ、しぼりだすようにこう言った。

「……理由……」

「え？」

「理由が……ないと、だめなのか？」

少年の肩が少しふるえている。

拳《こぶし》がにぎりしめられている。

ルルーシュはふむと首をかしげた。

そして、あっさり答えた。

「ああ、だめだ」

キッとスザクが顔をあげた。

非難するような、それでいて、すがるようなまなざしがルルーシュに向けられた。

「ルルーシュ……」

ルルーシュはやはり淡々としていた。

「知ってのとおり、スザク、僕はかなりのひねくれ者なんだ」

「ルルーシュ……」

「ついさっき、君は言ったな。僕の態度が気に入らないって。でも、それは仕方がない。やっぱり、僕は理由のない善意ってやつは、どうしても信じられないんだ」

「ルルーシュ……」

「これぱっかりは生まれが悪いとしかいいようがない。皇子さまや皇女さまなんてものはね、ほとんどそういうものなんだ。自分の周りにいるのは敵か、臣下だけだ」

「ルルーシュ……」

「だから、僕は理由のない善意は信用できない。信用できるのは、理由のある、相手にとっても利益のある善意だけだ。だって、そうじゃないと、気味が悪くって仕方がない」

「ルルーシュ！」

とうとう、スザクの声が叫《さけ》びに変わった。

それでもルルーシュの態度は変わらなかった。

あくまでも平静だった。

「だから、どうしても君が僕たちのことを助けたいっていうのなら……」

「――」

「僕が理由を作ってやる」

「――え？」

ぽかんとしたようなスザクの顔。

ルルーシュはそこでじっとスザクの目を見つめた。

立ち止まったスザクに近寄っていった。

一歩、二歩。

鼻と鼻がくっつきそうになるくらいに、顔を近づけた。

そうして、静かに、本当にささやくように告げた。

「――スザク。君があの晩、何を背負ったのか、僕は知らない」

「っ！」

「たぶん、僕やナナリーにも関係があることなんだろうとは思う。でも、だからこそ、僕は無理に聞こうとは思わない。君が自分で話してくれないかぎりは、知ろうともしない。それがルールだってことくらい、僕も知ってる。ただし――」

「…………」

「君は言ったたな。自分は二度と自分のために自分の力を使わないって」

「…………」

「それはひどく危険なことだ――と僕は思う」

「…………」

「というか、大バカだ。そんなやつが、生きのびられるはずもない。僕の理屈《りくつ》ではそうだ。でも……」

そこで、にっこりとルルーシュは笑ってみせた。

「そんな理屈のない君が、僕はわりと好きだ」

スザクはどこか呆然《ぼうぜん》とルルーシュを見返している。

ルルーシュはもう一度、口を開いた。

「だから、僕からも言っておく」

「…………」

「君が自分のために自分の力を使わない。そう言うのなら、僕が――いや」

「…………」

「俺が――」

「…………」

「君のために力を使う」

「…………」

「ギブアンドテイク、相互扶助《そうごふじょ》。どうかな？　これが君の理由ってのじゃ、だめか？」

再び、長い沈黙《ちんもく》があった。

言葉はもうない。

スザクの目にはルルーシュの顔が、ルルーシュの目にはスザクの顔が映っている。

海から吹《ふ》きつけてくる風が、松の木の梢《こずえ》をさわさわと鳴らした。

木々の間と、二人の横を通りすぎていった。

そうして――。

スザクも微笑《ほほえ》んだ。

どこか、はにかんだような、そんな柔《やわ》らかい笑みを浮《う》かべて、スザクはこう言った。

「……似合わないな、その呼び方」

ルルーシュはふんと鼻で笑った。

「お互《たが》い様だろう」

まったく、その通りだった。

――ここで、時間は一度巻きもどる。
無論、彼らの過去への巡礼《じゅんれい》はまだ終わらない時間。
それは、彼ら二人が互いのことを知らないころの話。
互いを認めることができていないころの話。
だが、しかし。
そんな彼らが出会ったのは、必然であり。
そんな彼らがやがては惹《ひ》かれあっていくのも、また必然なのだ。
そのことだけは断言しよう。
魔女《まじょ》と呼ばれるこの私の真名《まな》にかけて――。

CODE GEASS
Lelouch of the Rebellion

Interval

＊

――2017・8・×× AREA11

私立アッシュフォード学園高等部二年、枢木《くるるぎ》スザク。

神聖ブリタニア帝国《ていこく》エリア11統治軍特別派遣嚮導《はけんきょうどう》技術部所属、枢木スザク准尉《じゅんい》。

そのどちらもが本当である。

別段、秘密にしていることではない。多少なりとも軍とのコネクションがある人間なら、誰《だれ》でも知っている。

ただし。

そこに伴《ともな》う重みだけは。

彼以外の誰も知らない。

知りようがない。

＊

「オーケーよ、スザクくん」

三六〇度方向に広がる仮想シミュレーション画面が暗転し、代わりに割りこんできた映像に映ったのは、一人の女性だった。

肩《かた》のところでさっぱりと切りそろえられた髪《かみ》、理知的な風貌《ふうぼう》。それでいて、瞳《ひとみ》だけは見る者を包みこむような柔《やわ》らかさがある。穏《おだ》やかに微笑《ほほえ》んでいる。

名をセシル・クルーミーという。

ここ特別派遣嚮導技術部のチーフオペレーターである。

「調子いいみたいね。稼働率《かどうりつ》、ユグドラシル共鳴率、共に問題なし。実機訓練との誤差を修正したとしても、文句のつけようのない数値だわ」

「ありがとうございます、セシルさん」

カプセル型のシミュレーションポッドの中で、スザクもにこりと笑った。

額に浮《う》かんだ汗《あせ》を手でぬぐいながら、

「それで――訓練数値のほうはどうでしたか？」

「そちらも問題なし……と言いたいところだけど。一つ、質問させてもらっていいかしら？」

「はい」

「14番ブロックに入ったとき、あなたは廃《はい》工場内にあったマーカーを二つ、故意に見逃《みのが》しているわね。これはなぜ？」

「識別信号がUNKNOWNでした。すぐそばに自動小銃《しょうじゅう》程度の銃火器の存在は確認《かくにん》しましたが、敵対行動もとっていなかったので、民間人の可能性があると判断しました」

「もし、敵対行動をとっていたら？」

「そのときはパラライザーで捕獲《ほかく》していました」

「仮に射殺命令が出ていたら？」

一瞬《いっしゅん》、返答に間があった。

「もちろん――実行していました」

映像の中で、セシルがかすかに眉《まゆ》をひそめる。

もっとも、わずかな時間のことだった。

「オーケー。訓練終了《しゅうりょう》。特に改善点はなしと判断します。システムフリーズ」

「イエス、マイロード。システムフリーズ」

「ご苦労さま。お茶の用意してるから。降りてきて」

「あ……はい。ありがとうございます」

やはり柔らかい笑顔を残して、セシルの映像が途切《とぎ》れた。

しばしの間、スザクはポッドの中でじっとしていた。

じっと、真っ暗になったモニターを見ていた。

やがて。

ほうっと大きく息をついた。


格納庫は人でごった返していた。

白い作業服を身に着けた研究員があちらこちらを走りまわっている。所狭《せま》しとならぶ種々様々な計器類。そして、人と機械の中心に、その巨人《きよじん》が立っている。

全身を白と金色で塗《ぬ》り分けられた機体——。

両肩《りようかた》は大きく左右に張りだしている。力強いプレートアーマーをも思わせる、胸部から腰《こし》にかけてのライン。が、一方でそれらを支えるすらりとした二本の脚《あし》には、どこか優雅《ゆうが》さもただよう。マントでも着けておけば、それこそ『騎士《きし》』という呼び名がぴったりくるだろう。全高四・四九メートル。最小旋回《せんかい》半径、等歩幅《とうほはば》。現在ブリタニアの全軍で採用されている量産型ナイトメア・フレーム、第五世代サザーランドなどもかなり人形《ひとがた》に近い姿をした機体だが、これはもっとだ。単なる機械と呼ぶのはあまりに無粋《ぶすい》すぎる。

特別派遣嚮導技術部所属、試作嚮導兵器。

第七世代ナイトメア・フレーム。

その名を、ランスロット——。

ポッドを出たスザクがタラップに寄りかかり、ぼんやりとその威容《いよう》をながめていると、ティーセットを手に士官服姿のセシルが近づいてきた。

「はい、どうぞ」

「あ、すみません」

トレイの上からカップを受け取り、口をつける。

かぐわしい紅茶の香《かお》りが鼻腔《びこう》をつんと突《つ》いた。

「お茶菓子《がし》もあればよかったんだけど」

「いえ、そんな——。それより、ロイドさんは?」

「あそこよ」

セシルが向けた視線の先をスザクも追う。

ちょうど、ランスロットの足元だ。

大画面の管制モニターの前にその人物はいた。

裾《すそ》の長い白衣に、縁《ふち》なしメガネ。身長はかなり高い。いつもは飄々《ひょうひょう》とした雰囲気《ふんいき》をただよわせているのに、いまはなにやら熱心にキーボードを叩《たた》いている。

ここ特別派遣嚮導《はけんきょうどう》技術部の主任、ロイド・アスプルンド少佐《しょうさ》である。

「なにしているんですか、あれ」

「ランスロットに専用の飛行ユニットを取り付けたいんですって。ま、半分趣味《しゅみ》だから、気にしないで」

「はあ」

スザクがあいまいにうなずくと、同じようにティーカップを手にしたセシルはなぜかクスリと笑った。

「それとも、スザクくん。君もランスロットで飛んでみたい？」

「みたいって言われても」

「確かに作戦行動の幅《はば》は広がるのだけどね。うちは元々、単独で遊軍的な扱《あつか》いを受けることが多いし。機動性に重点を置くことは上層部の希望とも一致《いっち》しているのだけれど」

「ナリタの件ですか？」

「そう。多少は認められるようになってきたってこと」

言って、セシルはさてとばかりにカップをトレイに戻《もど》した。

「とはいえ、経費をあまりご自分の趣味に使われてもらってもね。そろそろ、とっちめてこようかしら」

「……お手柔《てやわ》らかに」

「ええ。いつもそうしてます。――ああ、それと。二十分後に訓練データに関するミーティングがあるから。着替《きが》えて準備しておいてね、スザクくん」

「はい」

軽い足取りでスザクのそばを離《はな》れたセシルが、やはり軽い足取りでロイドに近づき、そして、まったく軽くない手つきでその首根っこをいきなり引っつかむ。ここからでは周囲の雑音でよく聞き取れないが、なにやら言葉のやり取りが交《か》わされ、セシルの眉《まゆ》がぴくりと跳《は》ね上がり、ロイドの顔中に冷や汗《あせ》が流れる。あとはいつものお決まりコースだ。尻《しり》に敷《し》くとはまさにあれを言う。

そんな二人の様子を見て、スザクも小さく笑った。

笑ってから、もう一度、二人の後ろに立つ巨人に目をやった。

白い機体には、いまは補助電源しか入っていない。核《かく》となるユグドラシルドライブは起動していない。ファクトスフィアに、その瞳《ひとみ》に光が宿っていない。

ただ無表情に周囲の人間たちを見下ろしている。

その腰に二本の剣《けん》を差したままで。

スザクは巨人の瞳を見、腰の剣を見、それからかすかに首を振《ふ》って、寄りかかっていたタラップから身を起こした。

手にしたティーカップをトレイの上に重ね、それを持って歩き去ろうとした。

ふと――。

　――剣は一度抜《ぬ》いた以上、覚悟《かくご》を決めておくべきだ。

「え――」

　思わず振り返った。

　そんな言葉を聞いたような気がした。

　格納庫の風景は変わらない。

　あいもかわらず研究員たちは忙《いそが》しげに辺りを行きかい、セシルに首をつかまれたロイドが悪戯《いたずら》を見つかった猫《ねこ》のようにずるずると引きずられている。無理やりミーティング室に連れていかれようとしている。

　そして、それを見下ろしている巨人《きょじん》の目。

　やはり無表情なその瞳――。

　スザクはその瞳を見返した。

　静かに見つめた。

　時間になるまで、スザクはずっとそうしていた。

——Eight Years Before——

CODE GEASS
Lelouch of
the Rebellion

STAGE-0:2-Entrance

【ナイトメア】

本来、ナイトメアは人の動きを模することに開発理念の根幹がある。それは単に戦闘《せんとう》を目的としたものではなく、ありとあらゆる状況《じょうきょう》を想定した人間行動の代替《だいたい》、補助、増幅《ぞうふく》を最大の特《とく》徴《ちょう》とする。初期型ナイトメアがむしろ限定された動作を再現する「人形」にとどまっていたのに対し、人に匹敵《ひってき》する間節部を持つ第四世代型ナイトメアの登場は、世界中の研究者を驚嘆《きょうたん》させた。——ただし、だ。

1

——2009・9・××　日本

少年は地を駆《か》けていた。

身を低くし、ただ前だけを目指して走っていた。

歳《とし》は十になったくらいであろう。

洗いざらしの胴着《どうぎ》に向かい風を受け、紺《こん》の袴《はかま》の裾《すそ》をなびかせ、少年は一心に走り続けていた。

年齢《ねんれい》に似合わず、その足は速い。速いという言葉が追いつかないくらい速い。たぶん、学校ではどんな競技でも一番ではなかろうか。一足ごとに小さな身体《からだ》が風に吹《ふ》かれた羽のように宙に躍《おど》る。大人でもそうそう追いつけるものではない。

名を、枢木《くるるぎ》スザクという。

スザクの前方に見えるのは、木々に囲まれた社だった。

あぜ道の横にちょろちょろと小川が流れている。

その川をまたいで、石の橋がかかっている。

橋の先におもちゃのような鳥居が立っていた。
朱色《しゆいろ》の柱が夕日に染まって、さらに赤く見える。濃《こ》く見える。
その柱があと少し、もう手の届くところまできたときに。
不意に、スザクは足を止めた。
さすがに息がきれていた。
額にはいっぱいの汗《あせ》が浮《う》かんでいた。
じっと、目の前の鳥居を見つめてから、スザクは軽く舌打ちした。
あどけない顔とはちぐはぐな言葉づかいだった。乱暴な口のきき方だった。
「……あほらしい」
「帰ろ」
くるりときびすを返す。
今度は走ることはせずにゆったりと歩きだす。

少年は地に伏《ふ》せていた。
白いシャツに靴《くつ》のあとをつけられても、妹がさらさらとして気持ちがいいと言ってくれた黒《くろ》髪《かみ》を泥《どろ》だらけにされても、ただじっとうずくまっていた。

それでも暴行はやまない。

容赦《ようしゃ》のない拳《こぶし》が、蹴《け》りが、少年のわき腹を、背中を、頬《ほお》を、頭を襲《おそ》う。

「ブリタニア人は出ていけ！」

「そうだっ、ヒトジチのくせに！」

「このシンリャクシャめ！」

突《つ》き刺《さ》さる言葉は別に痛くない。

相手にする気にもならない。相手にする必要もない。身体に走る痛みだって恐《こわ》くはない。恐いなどと思ってはいけない。

ただ。

涙《なみだ》でかすんだ視界の隅《すみ》で、踏《ふ》みにじられてしまった買い物カゴだけが悔《くや》しかった。

せっかく妹が、ナナリーが好きだと言ってくれた梨《なし》が買えたのに。

冷たい目線の店主に頭をさげることが嫌《いや》で嫌で、それでもナナリーのことだけを考えて、必死に頼《たの》みこんで、やっとの思いで手に入れたのに。

カゴを飛び出し、泥に埋《う》もれ、割れてしまった白い果実。つぶれてしまった小さな実。

もう食べられない。食べさせてあげられない。

痛みではなく、悔しさだけで少年は涙を流す。

名を、ルルーシュ・ヴィ・ブリタニアという。

「あ、泣いたぞ、こいつ」

「へへん、やっぱりブリタニア人は弱虫だ」

「ブリタニアはニッポンだけは恐《おそ》れてるってパパも言ってたもんな」

「だから、お前みたいなやつがヒトジチになるんだ」

言葉は聞こえない。

何も聞こえない。

妹の笑顔《えがお》だけが視界の中でかすんでいく。

そうして——。

二人は二度目の出会いを果たす。

運命という名の歯車が、ここから動きだす。

＊

「その辺にしとけよ」

不意の声は、すでに薄暗《うすぐら》くなりつつあった神社の境内《けいだい》に、唐突《とうとつ》に響《ひび》いた。

なにを——と声の主を振《ふ》りかえったところで、好き放題に悪さをしていた子どもの一人が、ぎくりと顔をこわばらせた。

「ス、スザク……」

「たった一人にみんなで——。お前ら、藤堂先生にばれたらボコボコだぞ」

言いながら、スザクは子どもたちの円の中心に転がるそれをちらりと見た。

濃い木々の陰《かげ》の中。

乾《かわ》いた石畳《いしだたみ》にうずくまっているその姿。

はっきり言ってしまえば、ボロ雑巾《ぞうきん》だった。

スザクから見ても一目で分かるような上等なシャツは、泥で汚《よご》れきっている。しわくちゃになっている。

——バカなやつ。

思わず内心でスザクはつぶやいた。

あんな偉《えら》そうな服を着て出歩くから、こういう目にあうんだ。

それに、あの目もよくない。

どうせ勝てないんだから、せめて、目つきだけでも変えとけばよかったのに。

ごめんなさいを顔で言ってればよかったのに。

いや。

それがあいつか。

最初に自分と会ったときも、そうだった。

「な、なんだよ、スザク」

円になってボロ雑巾を取り囲んでいた子どもたちが、いくらかの反発とそれに数倍する怯《おび》えをこめた声をあげた。

「お前、ブリタニア人の味方なのか」

「だれが味方だ、バカ」

反射的にスザクは言い返した。

「俺はブリタニアなんか大っ嫌《きら》いだ」

「じゃあ、なんで……」

「でも、弱いやつをいじめるやつはもっと嫌いだ」

きっぱりと言い切ってやる。

子どもたちは互《たが》いの顔を見合わせた。

このまま引き下がるのはいかにも意気地《いくじ》がない、でも、相手も恐い――そんな空気が漂《ただよ》う。

それを見越《みこ》して、スザクは少し声を低くした。

「……本気で怒《おこ》るぞ」

その場にいる全員がびくりと肩《かた》をふるわせた。そして、スザクは「ああ、これでまた嫌われるな」と思った。いいとこのお坊《ぼっ》ちゃんのくせに、手の付けられない乱暴者——あちこちで陰口を叩《たた》かれていることくらい、スザクだって知っている。最初に言いだしたのは、たぶん喧嘩《けんか》で叩きのめした相手の親だったのだろうが、いまでは同じ年《とし》ごろの子どもたちの間でも広まっている。しかも、基本的に群れを作るのも群れに入るのも苦手な性格なので、学校でも外でもわりと一人だ。別に構わない。他人の助けが必要なのは、弱虫だけだ。でも、自分は違《ちが》う。

「行けよ。先生には黙《だま》っといてやる」

さらに追い討ちをかけると、円の真ん中にいた一番身体《からだ》の大きな子がぎょろりと目を光らせた。

「先生だって、ブリタニアは嫌いだって言ってたんだぞ」

「勝手に先生の言ったことを変えるな。先生は、ブリタニアのやり方は良くないって言ってただけだ」

「お、同じじゃないか」

「さあ?」

正直なところ、それはスザクにもよく分からない。

「どっちにしたって、ここにいるのは先生じゃなくて俺だ」

それが最後通告になった。

これ以上ごねていると、本当にスザクが暴れだすと思ったのだろう。

子どもたちは無言のまま目配せを交《か》わし、そして、これまた無言のまま囲みを解いた。もっとも、それもスザクのそばを離《はな》れるまでのことである。神社の石段を逃《に》げるように駆《か》け下りていって、家路につくまでのことである。——あいつ——スパイだ——ちょっと強いからって——いつか仕返ししてやる——直接耳に聞こえなくても予想はつく。想像できる。ま、知ったことではない。

どうせ、一人では何もできないやつらなのだ。

そう考えてみると、いま目の前にいるバカのほうが、あいつらよりは余程《よほど》ましと言えるのかもしれなかった。少なくとも、このバカは一人でも負けていなかった。屈服《くっぷく》していなかった。目がそう言っている。

バカはその目でスザクを見、手を貸すまでもなく、よろよろと地面から起き上がり、そして、つぶやくように言った。

「……なんで」

助けた、なんて言葉は聞くのもイヤだった。

だから、先を越《こ》してスザクは言ってやった。

「俺はなんにもしてないぞ」

「…………」

「ただ、お前の妹があんまり頼《たの》むもんだから、ちょっと様子を見に来ただけだ」

「！　ナナリーが？　君に？」

あの少女のことを口にするときだけ、こいつの顔は変わる。

「そうだ」

不機嫌《ふきげん》にスザクがうなずくと、なぜか相手はもっと不機嫌な表情になった。

「嘘《うそ》だ」

本気でかちんときた。

「嘘じゃない」

「嘘だ」

「嘘じゃない」

「嘘だ！」

「嘘じゃない！」

「嘘だっ！」

それからえんえんとフモウな口論を繰《く》りかえした。

同じ家にたどりつくまで。

＊

身もふたもなく言ってしまえば、土蔵に近いのである。

一応、造りは二階建てになっているし、本来の邸宅《ていたく》とは別にこんなものがあること自体、決して貧しさからのものでないのは確かだが、それにしてもだ。

四方を支える柱は風雨にさらされ、黒ずんでいる。

曇《くも》ったすりガラスはそれ自体が外気を拒《こば》んでいるようで、陰鬱《いんうつ》に建物を閉じている。

背後に控《ひか》えるのは、雑多な木々が生える裏山。そして、正面にはこれまた種々様々な木々が並び立つ雑木林。

白い壁面《へきめん》にはそれなりに人の手も入っているらしい。

だが、それでも風情《ふぜい》があるというより、おどろおどろしさがあるという表現のほうが正しいのである。下手をすれば、お化け屋敷《やしき》にも見間違えられかねない建物なのである。

そして、そんな、あまりといえばあまりな住居に追いやられていること自体が。

二人の少年少女の境遇《きょうぐう》そのものだった。

＊

ナナリー・ヴィ・ブリタニアにとって、世界は狭《せま》い。

もちろん、それにはナナリーの肉体的な事情もある。

ナナリーの瞳《ひとみ》は光を失っている。足も動かない。とある事件の後遺症《こういしょう》でそうなった。

ただ、ナナリーにとって、世界が狭いとは、実はそういうことだけではない。

純粋《じゅんすい》に彼女の世界は狭い。

というより、彼女自身が世界は狭くあってほしいと思っている。願っている。

だって。

広い世界は怖《こわ》いことばかりだから――。

あの壮麗《そうれい》なブリタニア宮殿《きゅうでん》などが、まさにその典型だった。

目が見えたころ、あそこはきれいで、華《はな》やかで、いつも明るい場所だった。でも、同時にあそこはひどくドロドロとして、翳《かげ》っていて、暗い場所でもあった。

人だ。

もちろん、全員がそうだったとは思わない。だけど、恐《こわ》い人はいっぱいいいた。恐いことはいい物ではない。

っぽいあった。冷たい異母兄弟たちの目線、明らかにこちらをさげすんだ義母たちの言葉、ただ機械的に応対してくれるだけの侍女《じじょ》たち。

どれも怖《こわ》かった。怖くて怖くてたまらなかった。

この日本に来ても、それはあまり変わらない。

人は怖い。誰《だれ》も彼も怖い。怖くて怖くて逃げだしたくなる。

だから、世界は狭くていい。

ちっぽけな世界、他《ほか》の誰も入ってこられないような世界なら。

自分は生きていける。

たった一人、優《やさ》しいお兄さまと二人だけで……。


いつもの暗闇《くらやみ》の中で、どたどたという足音が外から聞こえた。

——お兄さま？

目が見えなくなったぶん、ナナリーの他の感覚は鋭《するど》くなっている。特に聴覚《ちょうかく》はその最たるものだ。だから、足音だけでもそれが知っている相手なら誰かはすぐ分かる。

ただ、この場合、建物の外から聞こえてくる足音が一つではないということが問題だった。

そうしていると、声まで聞こえてきた。

「……なんで、君までついてくるんだ」

「バカか、お前。最初に言ったろうが。この離《はな》れはもともと、俺のものだったんだ」

「いまは僕たちの部屋だ！」

「えらそうに。ヒトジチのくせに」

「僕たちは人質《ひとじち》じゃない。れっきとした留学生だって、何度言ったら分かる」

「その言葉、そっくり返してやる。ここは俺の基地だった。忘れ物を取りに来て、なにが悪い」

「はん。その歳で健忘症《けんぼうしょう》か。日本の総理も不幸なことだ。こんな不出来な息子《むすこ》を持って」

「……なんか、ときどき、お前、ワケのわからないことを言うな。ケンボーショー？」

「君のようなバカのことだ」

「なんだと、このやろー」

足音は走っている。

しかも、走りながらなにやら言い争いをしている。

声にナナリーは聞き覚えがあった。

一人は自分の兄、ルルーシュだ。そして、もう一人。確か、スザクという名の少年。

いま自分たちが預けられている家、ここ枢木家の子。

ナナリーからすれば、あの子もちょっと怖い子だった。

なんといっても、一週間前、初めて自分たち兄妹《きょうだい》と顔をあわせたとき、彼は、

「……僕は許してないからな、君がしたことは」

「先に手を出してきたのは、お前のほうだろうが」

「君がナナリーに手を出そうとしたからだ！」

「ちょっときれいだなって思っただけだ。髪《かみ》に触《さわ》ったくらいで、なんであそこまで怒《おこ》る？」

「バカ。野蛮《やばん》人。ニッポン人。二度とやってみろ。逆さづりにしてトーキョー湾《わん》に沈《しず》めてやる」

「……お前。もっかい、殴《なぐ》られたいか？」

まあ、そういうことなのである。

「とにかく、君の嘘《うそ》はナナリーに聞けば、すぐ分かる」

「ああ、聞け聞け。嘘じゃないってことはすぐ分かる」

「言ったな」

「言ったぞ」

そこで、部屋のドアが乱暴に開く音がした。

暖かな空気がわずかにそよぐ気配。

「ナナリー！」

息せき切って近づいてきた足音は、兄ルルーシュのものだった。

「大丈夫《だいじょうぶ》かっ。変なことされなかったか」

変なことってどんなことだよ、とあきれたようにつぶやく声が離れたところで聞こえた。

ちなみに、それはナナリーの疑問でもあった。

「お帰りなさい、お兄さま。変なことって、なんのことです？」

「え——あ、いや」

なぜか、しどろもどろになるルルーシュの声。

「いや、その、つまり……」

どういう事情があるのかは知らないが、声音《こわね》からすると、たぶん、あのきれいな顔を困惑《こんわく》でいっぱいにしてるんだろう。

ナナリーが大好きな、つんとしていて、それでいて、瞳《ひとみ》だけはいつも優しい顔に珍《めずら》しく戸惑《とまど》いを浮《う》かべているんだろう。

そうして、これまた珍しく大声をあげた。

「ああもう！　だから、こいつ、ナナリーのところに来たのか？」

「え、ええ。さっき、なにか忘れ物があるとおっしゃって……」

ほらみろ、とあの少年の言葉がまた聞こえた。

小首をかしげて、ナナリーはさらに付け加えた。

「それで私は、お兄さまのお帰りが遅《おそ》いんですって——」

言ったとたん、ナナリーのすぐそばで騒《さわ》ぎが再開した。

「ほら！　やっぱり嘘だ」

「どこが嘘だ！　ちゃんと頼《たの》んでるだろうが」

「違《ちが》うな。ナナリーは僕の帰りが遅いって言っただけだ。君に捜《さが》しに行ってくれなんて言ってない！」

「あんな顔して言われたら、誰《だれ》だってそう思うだろ！」

「あんな顔ってどんな顔だ！」

「そんな顔だ！」

え、とルルーシュがつぶやいた。

とたんに、さっき以上にあわてた気配がすぐそばで湧《わ》き起こった。

「あ、ああ、ごめんごめん。ナナリー。これは別に喧嘩《けんか》とかじゃなくて……」

「当たり前だ」

少年がまた言った。

「お前とは一回、勝負した。喧嘩になんかなるか。俺は弱い者いじめはしないんだ」

「いちいちうるさいぞ、君は！　大体、弱い者いじめってなんだっ」

「お前のことだよ、へなちょこ皇子」

「なにをっ……」

しかし、言いかけたところで、目の前で自分たちの大声に泣きそうになっているナナリーのことを思いだしたのだろう。

ルルーシュの言葉が途切《とぎ》れる。

しんと、部屋の中が静まりかえった。

それでようやく、少年のほうも騒ぎはこれでお仕舞《しま》いにする気になったようだった。

「ああ——もういい。俺は帰るぞ。ちぇ、お前らのせいで今日の稽古《けいこ》がパアだ。ま、藤堂先生もいなかったから、別にいいけど」

「こっちから頼んだわけじゃない！」

「言ってろ。それと——妹」

不意にいままで経験したことのない呼び名で呼ばれた。

それで騒ぎに気をのまれていたナナリーは、びくっと身体《からだ》を震《ふる》わせた。

「は、はい……」

「お前の兄ちゃんなら大丈夫《だいじょうぶ》だ。でも、とんでもないドジだな」

「ド、ドジ？」

「寄り道したあげく、道端で転んでた。お前、怒《おこ》っていいと思うぞ。この馬鹿《ばか》兄貴、心配させるな、道草してないで、とっとと帰ってこいって」

言い捨てるなり、兄のものでない足音が遠ざかっていく。気配が離《はな》れていく。

ばたんと部屋のドアが閉められた。

唐突《とうとつ》な沈黙《ちんもく》。

そして、静寂《せいじゃく》。

やがて、ルルーシュの小さくつぶやく声がナナリーの鼓膜《こまく》をかすめた。

「あいつ……」

「お兄さま？」

「あ――ああ、ごめん、ナナリー。うるさくして」

「お兄さま、お怪我《けが》をなさったのですか？」

「え……う、うん。でも、たいしたことないよ。大丈夫だ」

言いながら、ルルーシュの手が車椅子《いす》に座った自分の身体に触《ふ》れる。

この手だけがナナリーには安心できる。

でも。

一つだけ、気になることがあった。

「お兄さま？」

「なんだい、ナナリー」

「もしかして――笑ってらっしゃいます？」

「え？」

ぽかんとしたような気配をそばで感じた。

だが、長続きはしなかった。

すぐに、ルルーシュの声は硬《かた》くなった。

「笑ってなんかない。僕は怒ってるんだ、ナナリー。まったく、日本人ってやつは本当に無神経なやつばかりだ」

「そう、ですか……」

でも、たぶん。

それは本音じゃないと思う。

だって、さっきのお兄様。

この日本に来て、初めて楽しそうに騒《さわ》いでらしたんだもの――。


まったく。

可愛《かわい》げがないったらありゃしない。

本邸《ほんてい》に続く並木道を歩きながら、スザクは毒づいていた。

辺りはとっぷりと日が暮れている。結構な時間を無駄《むだ》にしてしまったようだ。

重たげに茂《しげ》るヤナギの木を貫《つらぬ》くようにして、はるか先まで続く道。ぼんやり光る本邸の明かりはずっと向こうである。しかも、この道さえも家の敷地内《しきち》。ごく平均的な収入しか得られない日本人からすれば、ありえない広さだろう。だが、そこは全国二百四十の末社を抱《かか》える枢木神社の本家だ。この街だけに限っても、関連する社が大小あわせて五つはある。そして、そのすべてが枢木の私有地なのである。さっきスザクがルルーシュを助けた神社なども、実はその一つ。

「大体——」

足元の小石を蹴飛《けと》ばして、スザクは声に出して言った。

「なんで、あんなのがウチに来たんだ」

喧嘩《けんか》は弱いくせに、口だけは達者だ。しかも、いちいち、こちらの神経を逆なでするようなことを言う。ブリタニア人ってやつはみんな、ああなのか？　だとしたら、本当に嫌《いや》な連中だ。大人たちが散々に言っているのも無理はない。

道の先に飛んでいった小石を追って、もう一度、蹴飛ばす。

さらに進んでもう一度。

すると、今度は狙《ねら》いどおりにいかず、石は草むらに飛びこんで見えなくなってしまった。

それで、なんとなくスザクは足を止めた。

立ち止まって、たったいま出てきたばかりの離れを振《ふ》り返った。

濃《こ》い裏山の影《かげ》を背景に、ぽつんと小さく灯《とも》った部屋の明かりが一つ。

兄妹《きょうだい》で寝泊《ねとま》りしている寝室《しんしつ》だろう。

暗闇《くらやみ》の中に浮《う》かぶ光は、ひどく頼《たよ》りなげで、か細く見える。

どこかで犬の鳴き声がしていた。

――でもまあ。

今度は声に出さず、心の中でスザクはつぶやいた。

(ブリタニア人でなけりゃ、ちょっと面白《おもしろ》いやつかな?)

実際のところ、同じ年ごろであああいう反応をする子どもは初めてだった。というより、大抵《たいてい》の子は一度スザクと喧嘩すれば、次からはまともに話そうとしない。恐《こわ》がって逃《に》げるか、逆に卑屈《ひくつ》な態度で近づいてくる。スザクは逃げるやつは相手にせず、近づいてくるやつも相手にしなかった。どっちも見ていて気分のいいものではなかったからだ。だけど、今日のあいつは違った。逃げるのでもなく、卑屈になるのでもなく、逆にまた嚙《か》みついてきた。変わっているといえば変わっている。それにあの妹のこともある。あちらはあちらでスザクには気になる。あの子は本当に弱い。はかない。誰《だれ》かが守ってやらなきゃいけない。だから、さっきはああして下手な嘘《うそ》までついてみせたのだ――。

と、そこまで考えて、スザクは軽く舌打ちした。

バカなことを。

あいつらはブリタニア人だ。

そして、ブリタニアはひどい国だ。好き勝手に戦争ばかりしている。好き勝手に他《ほか》の国を荒《あ》らしている。

自分たちの都合で、好き勝手に戦争ばかりしている。

ひどい国なのだ。

みんな、そう言ってる。


見る者を威圧《いあつ》するような本邸の大きな屋根がゆっくりと近づいてきた。

黒い影が目の前に迫《せま》ったところで、スザクはふと表情をあらためた。

一度、ちらりとそれを見てから、広々とした玄関《げんかん》にスザクは向かった。

明かりのついた玄関の土間はきれいに掃《は》き清められていて、それでいて、一足の革靴《かわぐつ》が無造作に脱《ぬ》ぎすてられていた。

ただいまも言わずに屋内に上がりこむと、スザクは二階にある自分の部屋——といっても、そこに入り浸《びた》るようになったのはむしろつい最近だったが——には向かわず、一階の廊下《ろうか》を奥に進んだ。

突《つ》き当たりに、和風の屋敷《やしき》にはあまり合わない両開きの扉《とびら》が待っている。

ドアノブの前でスザクは立ち止まった。一度息をついてから、スザクは扉を叩《たた》いた。

中から低い応答の声が返ってきた。

「……誰だ」

「スザク、です」

「……入れ」

丁寧《ていねい》にドアノブを回して、スザクは室内に足を踏《ふ》みいれた。

「帰ってたんですか、父さん」

「…………」

「お帰りなさい。ごあいさつが遅《おく》れて、失礼しました」

態度といい、その言葉づかいといい、外での乱暴者のスザクしか知らない者が見れば、その光景は奇異《きい》にも映るだろう。まして、九歳の少年なのである。

しかし、一方で、彼はまぎれもなく「いいとこのお坊《ぼっ》ちゃん」なのである。

これくらいの躾《しつけ》は受けている。教育はされている。

まあ、どちらが本物かといえば、こちらはやはり偽物《にせもの》ということにもなるのだろうが……。

深々と頭をさげたスザクの前では、一人の中年男性が肘掛《ひじかけ》のついた高級そうな椅子《いす》に腰掛《こしか》け、手に持った紙束を眺《なが》めている最中だった。

たぶん、なにかの書類だろう。やや小太りの体格。後退した額。どこか暗く翳《かげ》った目の光。

名は、枢木ゲンブ。

スザクの父であり、ここ枢木家の当主であり、そして、いまやこの日本の首相をも任じられた男である。

わざわざ自分の書斎《しょさい》にまであいさつに来た長男に対して、ゲンブのほうはそれほど関心はないようだった。

実際、書類から目をあげようともせずにこう言った。

「なにか用なのか？」

「……別に」

そして、スザクの反応も薄《うす》い。

少なくとも、一ヶ月ぶりに顔を合わせた父親に対する言葉ではない。

ふんと、ゲンブが鼻息を一つ漏《も》らした。

「なら、早く自分の部屋に戻《もど》って休め。明日も学校だろう」

「はい」

「成績を落としておらんだろうな。来年は受験だぞ」

「大丈夫《だいじょうぶ》です」

それっきり親子の会話は途絶《とだ》えた。

いや。

途絶えざるをえなかった。

ゲンブはあいかわらずスザクのほうを見ようともしない。その目は手元の書類に釘付《くぎづ》けだ。

スザクはもう一度頭をさげて、部屋をあとにしようとした。

が、部屋の扉を開いて、外に出ようとしたとき。

なぜか、またゲンブが声をかけてきた。

「ブリタニアの二人はどうしておる？」

スザクの足が止まった。

「どうって……どういうこと？」

初めてスザクの言葉が歳《とし》相応のものになった。

子どもらしいものになった。

すると、ゲンブはようやく顔をあげた。

スザクの目には、なぜか父が笑ったように見えた。

どこか……昏《くら》い顔に見えた。

「いや、よい。あれはあれで大切な客人だ。せいぜい歓待《かんたい》してやれ」

「…………」

「おやすみ、スザク」

「……おやすみなさい、父さん」

少し——悪寒《おかん》がした。

不意に電話が鳴る。

小柄《こがら》な少年の影《かげ》が扉《とびら》の向こうに消えてすぐのことだった。

やはり書類に目を落としたまま、ゲンブは大儀《たいぎ》そうに机の上の受話器を手に取った。

「わしだ」

瞬間《しゅんかん》。

ページをめくる手が止まった。

「……つなげ」

書類が机の上に投げだされた。

磨《みが》かれた窓ガラスの向こうで、夜がしんしんと更《ふ》けている。

「……わしだ。枢木だ……ふむ……」

どこかで犬が鳴いている。

「……そうか……つまり、煮《に》るなり焼くなり好きにしろということだな……うむ、まったく噂《うわさ》どおり薄情《はくじょう》な父親よ。しかし、こちらとしてはそのほうが都合が……分かっておる。実際、人質《ひとじち》としての価値もないことはない。内々で皇位継承権《けいしょうけん》を剝奪《はくだつ》されたとはいえ、国内の支持者は……ほう、それは初耳だな……」

わずかに窓の外が明るくなった。

月を隠《かく》していた雲が晴れたようだった。

「……よい。放《ほう》っておけ。いずれにしても、しばらくは時間がかせげる……そう、お互《たが》いにとってな。それよりも……うむ。キリハラのことだ。もはや、わしに不審《ふしん》は感じていよう……ああ、いまだに来ておる。だが、あれのことは気にするな……当たり前だ。時機が来れば、始末する……息子《むすこ》？　馬鹿《ばか》め。裏切りは向こうが先だ……ともかく、あちらとの連絡《れんらく》だけは絶やすな……分かっておると言っておる。そんな下手はうたん……うむ。そうだ。情報の開示は予定どおりに……」

やがて、受話器は置かれた。

窓の外には、皓々《こうこう》とした満月が浮《う》かんでいる。

ふと気づいたように、ゲンブはそれに目をやった。

今度こそ。

肉のたるんだ顔がはっきりと笑った。

唇《くちびる》からくくっという声さえ漏《も》れた。

何かをあざわらうかのように。

何かを侮辱《ぶじょく》するように。

そして、何かを期待するかのように。

どこまでも暗く、陰《かげ》をともなって。

男は笑いつづけていた。

＊

正直なところを言えばだ。

父親とは肌《はだ》が合わない。

なぜかは分からない。

たぶん。

……分かりたくもない。


数日後のことである。

日曜日である。

「先生！」

その日も秋らしくからりと晴れた空の下。

いつものように胴着《どうぎ》と袴《はかま》に着替《きが》えたスザクは、ヒノキの香《かお》りがただよう自宅の門の前で力いっぱい手を振《ふ》っていた。

手の向こうから、細く長い人影《ひとかげ》が急な坂を上がって近づいてくる。

いや、もっと近づけば、その影は長くはあっても細くはないことがすぐに分かるだろう。身体《からだ》のバランスがいいので、そう見えるだけだ。鍛《きた》えられた両肩《りょうかた》は広い。無駄《むだ》なく引き締《し》められた胸板《むないた》は厚い。

門の前のスザクに気づくと、その男も軽く手をあげた。待ちきれないといったふうに、スザクは駆《か》け寄っていった。

「やあ、スザクくん」

スザクが目の前に立つと、逆光の中で、よく切れる刃物《はもの》を思わせる鋭《するど》さをたたえた顔が、むしろ柔和《にゅうわ》に笑った。

歳《とし》は三十をこえたばかりであろう。

濃《こ》い緑色の制服に、しっかり留められた詰襟《つめえり》。階級章。

いずれもが、彼が本来、軍務につく人間であることを示している。

名を、藤堂鏡志朗《きょうしろう》という。

「元気だったかい」

「はい！」

他《ほか》の誰《だれ》にそうするよりも元気よく、はきはきとスザクは答えた。

「でも、先生がずっといらっしゃらなかったので、稽古《けいこ》は退屈《たいくつ》でした」

「ははは。それはすまないことをした」

男も楽しげな声をあげた。

「これでも一応は本業が別にある身でね」

「お仕事？」

「うん。まあ、そんなところだ」

自分の手で大きな門を開いて、スザクは男を邸内《ていない》に迎《むか》え入れた。

ありがとうと応じて、男も門をくぐる。

並んで歩くと、スザクの頭は男の肩《かた》にも届かない。これはスザクが特に背が低いというのではなく、相手の身長が高いのである。

「じゃあ、今日もお仕事なんですか？」

「ああ。君のお父さんに呼ばれてね」

「そっか……」

その言葉を聞くと、スザクは目に見えて元気がなくなった。しゅんと肩を落とした。

と、そこで、男の大きな手がぽんとスザクの頭に乗せられた。

純粋《じゅんすい》な日本人にしては色素の薄《うす》いスザクの髪《かみ》を、男は軽くなでる。

「なに、そう時間はかからないよ。お父さんとの話が終わったら、道場のほうにも顔を出そう」

「ほんとですかっ」

「ああ。約束だ」

「やった！」

この男、藤堂はスザクにとって剣道《けんどう》の師なのである。


「お父さんはお元気かい？」

「と、思いますけど。でも、あんまり家にいないんです」

「そうか。あの方もお忙《いそが》しい身だからな」

「先生はどこに行ってたんですか？」

「厳島だよ。軍の演習でね」

「えっと、イック……」

「西のほうだ。基地がある」

さんさんと降りそそぐ日差しが、色づきはじめた邸内のイチョウの葉をより鮮《あざ》やかに輝《かがや》かせている。

道の横に掘《ほ》られた池で、見事な錦鯉《にしきごい》が踊《おど》るように水面《みなも》を跳《は》ねていた。

「そういえば、少し身長が伸《の》びたようだな、スザクくん」

「まだ、ぜんぜん足らないです。クラスでは後ろから六番目くらいだけど」

「十分じゃないか」

「俺、先生くらいにはなりたいなあ」

「これはこれで不便なこともあるんだぞ。第一、お金がかかる」

「どうして？」

「服が普通《ふつう》の店に売っていない。列車や飛行機の席も広いのをとっておかないときつい。大体、目立ちすぎるから、あんまり悪さもできないしな。すぐにばれる」

「あ、それなら俺、先生よりちょっと小さいくらいでいいです」

「ははは」

知らない者が見れば、歳の離《はな》れた兄と弟が仲良く歩いているようにでも見えたかもしれない。

いや。

むしろ、父と子——か。

いつものことながら、枢木邸は広い。

門から正面玄関《げんかん》にたどりつくだけで、結構な距離《きより》を歩く。

あいかわらず見る者を威圧《いあつ》するような、大時代的な和風の玄関がようやく二人の前に近づいてきた。

と、そこでふとスザクはその影に気づいた。

二股《ふたまた》に分かれた道の先。

玄関ではなく、やや離れた林の中へ続いていく石畳《いしだたみ》の向こう。

一人の少年が買い物カゴを手に、ふらふらと歩いていた。

まっすぐな黒い髪、秀麗《しゅうれい》なその横顔。だが、いつもの白いシャツはまた汚《よご》れている。顔にもあざが浮《う》かんでいる。そのくせ、口だけは真一文字に引き締《し》められている。

「あいつ……」

スザクは足を止め、顔をしかめた。

するとあ、藤堂もつぶやくように言った。

「あの子か」

そのとたん、スザクは藤堂のそばを離れ、駆《か》けだした。

「スザクくん？」

「ごめん！　先生。あとは、お手伝いさんに！」

それだけ言って、スザクは少年――ルルーシュのもとへ駆け寄っていった。

石畳の上ではなく、きれいに刈《か》られた芝生《しばふ》を飛び越《こ》え、すぐに追いつく。

そうして、追いつくなり、相手の腕《うで》をいきなりつかんだ。

「え――？」

「ちょっと、こっち来い」

「なっ……こら、放せ!」

「うるさい」

じたばたと暴れるルルーシュを強引《ごういん》に引きずって、スザクの姿が建物の陰《かげ》に消えていく。

それを、藤堂は表情を消した顔でじっと見守っていた。


まったく——。

「お前、ほんとのバカか」

両手に持った救急箱を裏返しにして、スザクは本心からの感想を述べた。

ばさばさと箱の中身が床《ゆか》に落ちる。絆創膏《ばんそうこう》、消毒液の入れ物、包帯、ピンセット、湿布《しっぷ》の袋《ふくろ》。

その前で、ルルーシュは横を向いている。不機嫌《ふきげん》そうに黙《だま》りこくって板張りの床に座りこんでいる。

(そういえば、こいつの笑った顔って見たことないな)

なんとなくスザクはそんなことを思った。

ルルーシュに逃《に》げる気はもうないようだった。

ただ、その口が貝になってしまっていた。そして、顔中にできた青あざ。服に隠《かく》れて見えないが、体のほうも似たようなものだろう。

なぜ、そんな状態になったのか、スザクには分かる。

この間と同じような目にあったに違《ちが》いない。もっとも、やられた相手はこの間とは違うかもしれないが。

この界隈《かいわい》で、一度スザクに脅《おど》されて、それでも反抗《はんこう》できるような子どもはいない。

「ほら、こっち向け」

言っても、ルルーシュは従わない。

スザクは無造作に消毒液にひたした脱脂綿《だっしめん》を手に取り、ルルーシュの顔の一番赤いところにぐいと押《お》し付けた。

「×▲■っ！」

よく分からない悲鳴をあげて、ルルーシュが飛びあがった。

「力ずくでやってもいいんだぞ。包帯でぐるぐる巻きにしてやる」

それでやっとルルーシュはおとなしくなった。明らかにしぶしぶといった様子ではあったが、ともかくスザクのほうを向いて座り直した。

スザクは意外にも慣れた手つきで、そんなルルーシュの手当てをてきぱきこなしていった。

皮のやぶれたところはそっと脱脂綿でふき、絆創膏をはり、骨に異常《いじょう》がないか指先で確認《かくにん》し、腫《は》れた箇所《かしょ》に濡《ぬ》らしたタオルを押し当てる。

ふと気づくと、ルルーシュがまじまじとスザクを見ていた。澄《す》んだ瞳《ひとみ》に映った自分の顔。

——変わった色の目だな。

そう思い、同時に何か言わなければいけないような気分になってスザクは口を開いた。

「こういうのは得意なんだ」

「……………」

「稽古《けいこ》のときも、必要だしな」

「……………」

ルルーシュはあいかわらず黙りこんでいる。

しんとした室内に、開け放たれた格子《こうし》戸から差しこむ日の光だけが、明るく周囲を照らしていた。

やがて、ようやくというか、この部屋に入って初めてルルーシュが口を開いた。

「……ここは？」

「道場だ。剣道《けんどう》の」

「ケンドー？」

「えっと……まあ、竹の棒で打ち合う」

たぶん、通じてないと思う。

磨《みが》かれた板張りの床に座ったルルーシュは、すいと手をあげた。すぐそばに木目調の壁《かべ》がある。そこにかかっている大げさな額縁《がくぶち》。蛇《へび》がのたくったような墨《すみ》の字で何か書かれている。その字を指差した。

「あれはなんて読む？」

「難しいこと聞くな」

「君の道場だろう」

「うちの道場だ」

そこで、手当ては終わった。

「よし、こんなとこか。腕のほうはもう少しタオルで押さえてろ」

「あ、ああ」

歯切れ悪く、ルルーシュが答える。

それを見て、スザクはふんと鼻を鳴らした。

「勘違《かんちが》いするなよ。お前のためにやったんじゃない。あのまま帰ったら、お前の妹がまた心配するだろ」

「！……う、うん。そうだな――」

「大体、お前が悪いんだ」

言いながら、スザクは少し離《はな》れたところに置いてあった買い物カゴを見た。

さっきまでルルーシュが持っていたものだ。中身は……なにかの果物が入っているようだ。

「欲しいものがあるなら、うちのお手伝いさんにでも頼《たの》めばいいだろ。ここらに住んでるやつは、みんなブリタニアが嫌《きら》いなんだ」

だから、一人でふらふらと外を出歩くなど論外なのである。ルルーシュの黒髪《くろかみ》はむしろ日本人に近いが、その顔立ちははっきり異国人と分かる。それに、ブリタニアの皇子と皇女がこの家に滞在《たいざい》していることは、いま街中の噂《うわさ》だ。

ルルーシュがまた険のある顔になった。にらむような目がスザクに向けられた。

「それは君だって同じだろう」

「当たり前だ」

「だったら、なんでこんなことをする？」

「何度も言わせるな。俺は弱いものいじめが嫌いなんだ」

少なくとも、この少年はともかく、あの妹が傷つくのは許せない。たとえ、相手がブリタニアの皇女であろうと。弱いものは弱いものだ。

「とにかく、お前、これからは一人で外に出るなよ」

「…………」

「そのうち、本当に帰ってこられなくなっても知らないぞ。そんなことになったら、お前の国にいる父ちゃんだって——」

心配する——しかし、スザクが言いかけたまさにその瞬間《しゅんかん》だった。

いきなりルルーシュが腫れた腕《うで》を押《お》さえていたタオルを投げ出した。立ちあがった。

「あんな男は父親じゃないっ！」

火の出るような一喝《いっかつ》だった。

広々とした道場全体を震《ふる》わせるような激しい声だった。

思わず、スザクも息を呑《の》んだ。不覚にも気圧《けお》された。あぜんと目の前のルルーシュを見あげた。

もっとも、それでルルーシュも自分の失言に気づいたのだろう。

はっとしたように顔をこわばらせる。横を向く。

外からの風がしんとした道場に吹《ふ》きこんでいた。

そうして、ルルーシュは床《ゆか》に落ちたタオルを拾った。

「――帰る」

ぽつりとつぶやくように言って立ち去ろうとする。が、その足が数歩を数えたところで、なぜか止まった。

「そ、その……」

さっきよりももっと歯切れが悪い言葉だった。

「あ――ありがとう。手当てしてくれて……」

スザクは何も答えられない。まだ、さっきのルルーシュの怒声《どせい》が効いている。

ルルーシュの足が再び動いた。

それが道場の玄関《げんかん》に下り、敷居《しきい》をまたごうとしたところで、ようやくスザクは声を発することができた。

「……おい」

「？」

けげんそうにルルーシュが振《ふ》り返った。

やはり不思議な色をしたその瞳《ひとみ》。

それに向かって、こちらも歯切れ悪くスザクは言った。

「その……今度から、外に出たくなったら、俺に言っていい」

「え？」

「ヒマだったら、一緒《いっしょ》に行ってやる」

不思議な色の瞳が丸くなった。

まじまじとこちらを見つめた。

そうして、

「――考えとく」

がらがらと戸が閉まり、小さな足音が遠ざかっていく。

スザクは座りこんだままだった。

何を——。

何をバカなことを言ったのだろう？　自分は。

あいつは大嫌《だいきら》いなブリタニア人のはずなのに。

でも。

ちょっとだけ、初めて、笑ってた。

きれいな笑顔《えがお》だった。

自分でも信じられないことに……。

うれしかった。

2

——それからは、一緒に過ごすことが多くなった。

「お前、リューガクセイなんだろ。学校とか行かなくていいのか」

「必要ないね。勉強なら家でもできるし」

「とかいって、本当は頭悪いんだろ」

「悪いけど、僕の学力は君をはるかに超《こ》えてる。なんなら、教えてやろうか？」

「お断りだ、バカ」

「親切で言ってるのに」

「そういう言い方がむかつくんだよな」

とまあ、そんな調子であいかわらずな感じではあったが、ともあれスザクとルルーシュが共にいる時間は増えた。

というより、そもそも同じ邸《やしき》の敷地内で暮らしているのである。その気がなくとも、ほぼ毎日顔をあわせることはできる。約束どおり、外に出るときは一緒に付いていった。スザクがそばにいるかぎり、近所の悪ガキ連中に手出しなどさせなかった。

ついでに付け加えると、だ。

「スザクさんは、スポーツがお得意なんですね？」

「あ、ああ……まあ、そうかな」

「こいつのは単なる体力バカだよ、ナナリー。それも、桁外《けたはず》れのバカだ」

「なにを！　この頭でっかちのモヤシ野郎《やろう》め」

「ナナリーの前で下品な口をきくな。うつったらどうする、このバカ！」

「お二人とも、やめてください！」

妹のほうとも、いつのまにか仲良くなっていた。

最初、彼女は明らかにスザクにおびえているふうであったが、兄のルルーシュが平気で話をしているのを見て、いや、聞いて、どうやら安心したらしい。

それからは三人で遊ぶことも多くなった。

離《はな》れにスザクが顔を出しては、結構な時間を三人で過ごした。本邸《ほんてい》から持ちこんだテレビやラジオに興ずることもあった。あまり外に出たがらないナナリーを車椅子《いす》のまま連れ出し、離れのそばにある雑木林を散策することさえあった。

そうして――。

季節は過ぎた。

秋を過ぎ、年も明け、さらには冬さえも通りこす。

時間はただゆっくりと、でも、どこか名残惜《なごりお》しく流れていく。

「夏になったら、伊豆《いず》に行こう、ナナリー。枢木の別荘《べっそう》があるんだ」

「こら。僕に断りもなく」

「海もきれいだぞ」

「海、ですか？　でも私、泳ぐのは……」

「大丈夫《だいじょうぶ》。遠くまで浅いから。それに俺がそばにいてやるし」

「待て！　なにを勝手なことを言ってるんだ。ナナリーは僕が」

「うるさいな。来たくなきゃ、お前は来なくていい。根暗皇子は邸で暗～く梨《なし》の皮でもむいてろ」

「誰《だれ》が行かないって言った！　よし、行ってやる。絶対行ってやる。ナナリーは僕が命にかえても守る！」

「……お前、ちょっとそれ恥《は》ずかしいぞ」

「ふふ、お兄さまったら」

たぶん。

楽しかったんだと思う。

ブリタニアだとか日本だとか、そんなことは抜《ぬ》きにして、そんなことは忘れて、そんなことは放《ほう》っておいて。

スザクは純粋《じゅんすい》に楽しかったのだ。

これが友達と呼べる存在なのかどうかは分からない。知らない。いままで、そんなものを周りに感じたことがない。

でも、楽しい。

その感情だけがあった。すべてだった。それで良かった。

──ただし。

たった一つ。

いや、二つだ。

遊んでいる自分たちを時々、奇妙《きみょう》に昏《くら》い目で見ていることがある父の姿と、テレビや大人たちが口にするブリタニアという言葉がいよいよ蔑《さげす》みや憎《にく》しみのこめられたものになっていくことを除いてだったが——。

＊

——2010・4・××　日本

藤堂は静かに竹刀《しない》を構えていた。

静謐《せいひつ》な空気がただよう道場の中で、みじろぎもせず中段に構えたその姿。

よくできた彫刻《ちょうこく》のようですらあった。

しかし、それは決して彫刻などではない。

触《ふ》れれば、即座《そくざ》に流れる水だ。

それも、相手の目にとらえさせることもなく、一瞬《いっしゅん》の隙《すき》をついて激流となり、襲《おそ》いかかる猛々《たけだけ》しい水流だ。それだけの威圧《いあつ》感が彼にはある。辺りを屠《ほふ》るような剣気《けんき》を発している。

澄《す》みきった湖面のように静かな表情を浮《う》かべている藤堂だったが、その実、内心では決して相手のことを見くびってなどいなかった。

藤堂の前にいま立っているのは、小柄《こがら》な少年だ。

歳は十をこえたばかり。

長身の藤堂から見れば、吹《ふ》けば飛ぶような軽い少年だった。が、藤堂は決して油断などしていなかった。

――彼は天才だ。

そのことに最初に気づいたのは、たぶん自分だったろう。

藤堂はそう思う。

単に剣のことだけを言っているのではない。

というより、剣は彼の一部にすぎない。

彼の肉体とそこに流れる神経。

それこそが天才なのだ。

彼は剣の道を選べば、一流、いや、超《ちょう》一流になれるだろうし、別の武道を選んでいれば、その道で超一流になれるだろう。努力するしかない凡人《ぼんじん》からすれば、ずいぶんと不公平な話ではある。しかし、まれにそういう人間もいるのだ。そして、そういう人間こそ人は天才と呼ぶ。

もし、彼が自分と同じ軍人の、いや、武人の道を選べば――。

あるいは、英雄《えいゆう》になれるのかもしれない。

ただし、無数の返り血にまみれる覚悟《かくご》があるのなら、だが――。

少年は藤堂と同じように竹刀を構え、こちらはじりじりと円を描《えが》いていた。すり足で藤堂の周囲を回っていた。

むしろ可愛《かわい》らしいと表現したくなるようなあどけない顔に、じんわりと汗《あせ》が浮かんでいる。

おそらく、藤堂の隙を必死で探しているのだろう。もちろん、そんなものは見つからない。

素質は超一流。しかし、いまは経験と体力の差がある。もっとも、それに気づいて、無闇《むやみ》に打ちかかってこないこともすでに才能ではあるが。

藤堂はあわてることなく、少年の動きに合わせて、身体《からだ》の向きを変えた。

少年もまた動く。

それに合わせて、さらに藤堂も身体をずらす。

何度か繰《く》りかえされた。

(――こんなところか)

何度目かの間合いに移るとき、藤堂はわずかに竹刀を持った両手をさげた。

「はあっ！」

その瞬間、少年が一直線に飛びこんできた。

もちろん、藤堂の構えがわずかに崩《くず》れたのを隙と見たのである。一気に突《つ》いてきたのである。

ただし、それこそが、藤堂がわざと見せた隙だとは思わずに。

この辺りはまだ青い。

もっとも、矢のように迫《せま》る突きは青くなどなかった。十歳の少年が見せる剣さばきをはるかに超えていた。

自分から見せた隙とはいえ、その突きをさばくのに藤堂は全身の力を使わねばならなかった。脱力《だつりょく》を収縮に変え、たくましい両腕《りょううで》の筋肉をひらめかせ、少年の剣先を自分の剣で弾《はじ》く。即座に体を入れ替《か》える。渾身《こんしん》の突きをかわされ、少年の姿勢が乱れている。そこに腕をひねって振《ふ》りあげた藤堂の竹刀が襲いかかる。

刹那《せつな》。

甲高《かんだか》い炸裂《さくれつ》音が、少年の着けた籠手《こて》からあがっていた。

二人の動きが止まる。

そして、

「参りました!」

むしろ、少年スザクはうれしそうに声をあげ、頭をさげた。

開け放たれた道場の扉《とびら》の向こうから、そよそよと風が入りこんでいる。

春とはいえ、まだ空気は冷たい。だが、稽古《けいこ》のあとの火照《ほて》った身体にはちょうどいい。

用意しておいた手ぬぐいで顔中の汗をぬぐいながら、スザクはやっぱり先生はすごいと言った。

さっきのはわざとですね、それで俺が突いてきたところを逆に一撃《いちげき》で——。

藤堂は笑った。

「それが分かるだけ、大した進歩だよ、スザクくん。どうやら、また腕をあげたな」

「ぜんぜんダメです」

と、肩《かた》に手ぬぐいをかけたスザクは首を振った。

「わざとだって、チャンスには違いなかったのに。先生の体に触《さわ》ることもできなかった」

「自分から誘いをかけた相手が、先を取られるわけにもいかないさ。しかし、もう少し突きの軌道《きどう》に無駄《むだ》がなかったら、危なかったかな。——次を考えたろう？」

「はい」

「それが良くなかった。二の太刀《たち》を考えず、君があの突きで終わりにするつもりだったら、私だってああも完璧《かんぺき》にさばけなかったよ」

「そうか……」

スザクは素直《すなお》にうんうんとうなずいている。

それを好ましげに見やって、藤堂は言葉を重ねた。

「剣《けん》は一度抜《ぬ》いた以上、覚悟を決めておくべきだ。実際、真剣で向かいあえば、次などありえないんだよ。流れで次があったとしても、すべての動きに全身の気がこもっていなければ、そこにたどり着く前に自分自身が倒《たお》される」

「はい」

「一度抜いた真剣は血を見なければ納まらない。そして、その血を覚悟しておくのが、剣の道というものだ。それは、こうして竹刀《しない》で打ち合うことにも変わりはない。少なくとも私はそう思っている」

「はい」

いつの間にかスザクの顔が神妙《しんみょう》なものになっていた。

きれいに清掃《せいそう》された床板《ゆかいた》の上に、ちょこんと正座の姿勢で座っていた。

それに気づいて、藤堂は逆に力を抜いた。

「――とまあ、偉《えら》そうに言う私にしても、覚悟《かくご》があるのかと聞かれると、いまは少し困るがね。この間も部下に苦情を言われた。最近の藤堂中佐《ちゅうさ》は気を抜きすぎです。このまま平和な町道場のお師匠《ししょう》さんになりきってしまうおつもりですか、と」

スザクも笑った。

確かにここ最近、藤堂はよく枢木邸《てい》に顔を出してくれる。

スザクにとっては嬉《うれ》しいことなのだが、それはそれで問題もあるのだろう。藤堂もれっきとした本業を抱《かか》える身である。

二人の会話が途《と》切《ぎ》れたところで、表から藤堂を呼ぶ声が聞こえた。

邸《やしき》に勤める手伝いの女性だ。

「旦那《だんな》さまがお呼びです」

藤堂はわずかに眉《まゆ》をひそめた。

だが、すぐに表情を戻《もど》して、

「そうか。では、すぐに行こう」

言いながら、藤堂はちらりとスザクに目をやった。それを受けて、スザクはうなずいた。

「俺はもう少し稽古してます」

「いや、今日はもう終わりにしなさい。君の年《とし》ごろであまり無理をすると、体に深刻な結果を招くこともある」

「でも……」

「年長者の言うことは、なるべく聞いておくことだよ、スザクくん」

言い残して、藤堂は道場をあとにした。

長身の藤堂の影《かげ》が、すりガラスの向こうで徐々《じょじょ》に小さくなっていく。

そのとたん、だった。

スザクは床にへたりこんだ。

長時間、格上の藤堂と打ち合って、さすがのスザクもへとへとだったのだ。

誰《だれ》かが自分を呼んでいる。

――スザク。

――おい、スザク。

どこか懐《なつ》かしい響《ひび》きだった。

まるで、近しい兄に名を呼ばれているような。

可愛《かわい》い弟に慕《した》われているような。

馬鹿《ばか》なことだ。

そんなもの、自分にはいないのに。いるはずもないのに。

でも、澄《す》んだ声音《こわね》が気持ちいい……。

「スザクッ！」

「っ！」

いきなり後頭部に痛みを感じた。

それで夢心地《ゆめごこち》はあっという間に消えていった。

まぶたを開く。その場で勢いよく起きあがる。

目の前にあきれたような顔をしたルルーシュが立っていた。

「………。お茶漬《ちゃづ》け、三杯《ばい》……」

「おもしろい寝《ね》ぼけ方をするな、君は」

あの変わった色の瞳《ひとみ》に、床に座った自分の姿が映っていた。

きょろきょろと辺りを見渡《みわた》して、それからスザクはほっと息をついた。

いつもの道場だ。

どうやら、あのあと、疲《つか》れてそのまま眠《ねむ》りこんでしまったらしい。

格子戸《こうし》から差しこむ日の光が長くなっていた。赤みを帯びていた。

もう一度息をついてから、スザクは大あくびした。

「なんだ、お前か」

「起き方はおもしろくない」

正面でルルーシュが不満そうに口をとがらせていた。

「あいかわらず君は礼儀《れいぎ》というものを知らないな。風邪《かぜ》でもひいたらいけないと思って、起こしてやったのに」

「風邪なんかひくもんか。お前とは鍛《きた》え方が違うんだ」

言って、まだ少し痛む後頭部をさする。

それで、すべて分かった。事情を理解した。

「……お前、蹴《け》ったな」

ルルーシュはまったく悪びれなかった。

「普通《ふつう》に起こして起きない君が悪い」

「乱暴なやつめ」

「君に言われると、心の底から心外だ」

まったく、いつものことながら、ああ言えばこう言う。

ただしだ。

言い換《か》えれば、それが彼の心なのだった。

心を許している証《あかし》なのだった。相手を警戒《けいかい》していると、このルルーシュ・ヴィ・ブリタニアという少年はおそろしく無口になる。敵に弱みをにぎられまいと必死の防衛線を張る。まるで、そうしないと生きていけないとでもいうように。

軽口めいた悪態というのは、むしろルルーシュが相手を味方と考えている証拠《しょうこ》なのである。

そのことはスザクもう分かっている。

「風邪はともかく――」

と、ルルーシュが窓を閉めながら、また口を開いた。

入りこんできている空気はさっきよりも冷たかった。

「まだ、ベッドにもぐりこむのは早いだろう。大体、ここは夜になったら鍵《かぎ》をかけるんじゃなかったのか」

「よく知ってるな」

「また、あの軍人に叩《たた》きのめされていたのか？」

「叩きのめされたんじゃない。稽古《けいこ》をつけてもらってたんだ」

スザクは一度、その場にルルーシュを誘《さそ》ったこともある。ルルーシュはそれほど体力があるほうではなかったが、運動神経自体はそこまで悪くなかったからだ。もちろん自分ほどではないが。

もっとも、スザクの誘いに対して、ルルーシュははっきりと断った。

いわく――妹に心配をかけたくないから、というのがその理由だった。

そのときは、そうかとあっさり納得したスザクだったが、いまとなっては、少し疑問にも思っている。いや、ルルーシュの言葉自体を疑っているわけではない。

そうではなく、彼の心だ。

実を言うと、スザクの目から見ると、いまだにルルーシュはこの邸《やしき》にいる人間をあまり信用していない様子なのである。最初のころのスザクに対してそうだったように、必要がなければ、関《かか》わりを持たないようにしている。いまではスザクに対してだけは普通に話をするが、他《ほか》の人間に対しては決してそうではない。あいかわらず、生活に必要なものがあれば、一人で外に出て買いに行こうともする。結局、スザクもそれに付き合わせられることになってしまっている。

まあ、ルルーシュの立場から見れば、周りは異国人だらけである。

しかも、あまり自分の故郷とは良好とは言えない関係にある国の人間ばかりだ。

警戒するのも分からなくはないが、それにしても、少し度がすぎているようにもスザクには思えた。街に住んでいる者はともかく、少なくとも、この家に限っていえば、彼ら兄妹《きょうだい》を預かっている側の人間なのだ。

（藤堂先生なんかは、大丈夫《だいじょうぶ》だと思うんだけどなあ）

スザクの剣《けん》の師匠《ししょう》である藤堂鏡志朗も、ブリタニアに対してそれほどいい感情を持っているわけではない様子である。だが、いくらなんでも、これくらいの年齢《ねんれい》の少年少女に対して、大人げない振《ふ》る舞《ま》いはしないだろう。少なくともスザクはそう信じている。

（ま、俺には関係のないことだけどさ）

結局、誰《だれ》と付き合い、誰と付き合わないかなど本人が決めることである。スザク自身にしても、この邸から一歩外に出れば、まかりまちがっても愛想《あいそ》のいい少年ではない。

「なんだ、これは？」

不意にルルーシュの言葉がまた自分に向けられた。

見ると、黒髪《くろかみ》の少年は道場の隅《すみ》に転がっている風呂敷《ふろしき》の包みのそばに立っていた。

やけに古風な模様が描《えが》かれた風呂敷は、丸く、大きく膨《ふく》らんでいる。

「先生の荷物だよ」

ようやく立ち上がって、スザクは答えた。

「たぶん、あとで取りに来るつもりだったんだろ」

「ふ～ん」

なにがそんなに気になるのか、ルルーシュはしげしげと風呂敷に見入っている。

模様のせいだろうか。

「剣も置いてあるぞ」

「それは剣じゃなくてカタナっていうんだ、カタナ」

「本物か？」

「先生は軍人だからな」

スザクが言うと、ルルーシュはふっと、子どもらしい顔に似合わない冷笑《れいしょう》を浮《う》かべた。

「物騒《ぶっそう》というより抜《ぬ》けてるな。軍人が自分の剣を放《ほう》りっぱなしだなんて」

「カタナだっていうのに。それと、先生の悪口は許さないぞ」

まあ、藤堂自身、最近の自分は気が抜けているなどと、さっき言っていたが。

それとこれとは話が別だ。

自身の竹刀《しない》や防具を手早く片付け、まだ興味津々《きょうみしんしん》といったルルーシュを追い立てて、スザクは道場の外に出た。

がらがらと引き戸を閉め、鍵をかける。

見ていたルルーシュが不思議そうに言った。

「いいのか？」

「なにが？」

「荷物が中に置きっぱなしだ」

「そういえばそうだな……」

藤堂が戻《もど》ってきたら困るだろう。それにしても、あれから結構時間がたったはずだが、父の用とやらはずいぶん長引いているようだ。

ルルーシュが今度は明るく笑った。

「君も抜けてる」

「うるさいな。鍵《かぎ》を先生に渡《わた》しとけば、すむだろ」

たぶん、藤堂は父の書斎《しょさい》だろう。

＊

長い沈黙《ちんもく》だった。

机の上に置かれた灰皿は、少なくとも吸殻《すいがら》を三本は増やしていた。もちろん、藤堂が吸ったものではない。彼は酒もタバコもやらない。すべて、この部屋の主《あるじ》たる目の前の中年男性によるものだ。

窓のブラインドを下ろし、人工の明かりによって照らされた室内。

さすがに天下の枢木家にふさわしく、内装は豪華《ごうか》といってもよかった。部屋の両側に並ぶ、

分厚く重たい書棚《しょだな》。いかにも雰囲気《ふんいき》をただよわせる本がびっしりと詰《つ》まっている。足元の絨《じゅう》

毯《たん》の毛足は長く、藤堂が腰掛《こしか》けたソファも明らかに本革《ほんがわ》製だ。作りが日本風でないのは本人の

趣味《しゅみ》だろう。もともと、生まれた家に似合わず、舶来《はくらい》志向の強い人である。留学経験も豊富と

聞く。総理の座を射止めたのも、家の力ではなく、その国際感覚を期待されてのことだ。それ

が本当にあるかどうかは別として。

ソファに深々と腰をおろし、渡された資料に目を通していた藤堂だったが、やがて、最後の

ページを読み終えた。

一度、息を大きく吐《は》き出す。

そうして、静かに口を開いた。

「……まことの情報なのですか？」

胸のうちにうずまく感情を表に出さないよう藤堂は努めた。

正面に座ったその男はむしろそっけなくうなずいた。

「まことの情報でなければ、わが国の諜報《ちょうほう》部員はそろってクビにせねばなるまいな」

言ったあとで、男、すなわち日本国首相、枢木ゲンブは肉の厚い頬《ほお》にニヤリとした笑《え》みを浮かべてみせた。

藤堂の思惑《おもわく》など鏡に映すように見通せる——そう言いたげな笑みだった。

「いまさら、なにを驚《おどろ》く、藤堂。西部方面軍域の鉄壁《てっぺき》とまでうたわれたお前が」

「…………」

「相手は、史上まれにみる暴君であり、血に飢《う》えたことこの上なき虎狼《ころう》なのだぞ。ブリタニア第九十八代皇帝《こうてい》シャルル・ジ・ブリタニア——あの男を少しでも知っている者ならば、別に驚くほどのことではない」

元々、ちまちました懐柔《かいじゅう》工作など続けていられる男ではないのだ——とゲンブは指摘《してき》した。

「わが国が一時的にせよ、EUや中華連邦に媚《こび》を売った段階でこうなることは見えておった」

「——。して、対応は？」

「いまのところ、東シナ海における臨時の軍事演習というのが、相手の公式の言い分だからな。こちらもそれに合わせることにする。沖縄司令部にはすでに増員と緊急模擬《きんきゅうもぎ》訓練の指令を通達してある」

「それはいけません。かえって、敵に口実を与《あた》えることになります」

藤堂ははっきりと相手を敵と言い切った。

「演習に対する示威《じい》行動をとったとして、開戦のきっかけにもなりかねません」

「というより、間違《まちが》いなくそうなるであろうな。勘違《かんちが》いをするでないぞ、藤堂。向こうはすでに喧嘩《けんか》を売ってきておるのだ。しかも、こちらが買う買わないの意思表示をする以前にだ。いまさら、下手に出ることなど無意味だろうよ」

容赦《ようしゃ》なく切って捨てておいて、ゲンブは今度はくっくと声に出して笑った。

「もっとも、そう仕向けたのは、他《ほか》ならぬこのわしだがな」

「…………」

藤堂は無言でその顔を見つめた。

すると、ゲンブは笑いをおさめた。

どんよりと昏《くら》い目が藤堂を見返した。

「正気か――そう言いたげな顔だな、藤堂。ふむ……正気、か。確かに、わしは自分を見失っておるのやもしれん。そうだ。いざ開戦となれば、わが日本は絶対にブリタニアには勝てん。絶対にだ。アリが松の葉で作った刀を手に巨人《きょじん》に挑《いど》むようなものだ」

「…………」

「軍務の澤崎《さわざき》などは、わしの言葉を真に受けて、馬鹿《ばか》正直にも防衛ラインの強化などしておるようだがな。しかし、それは事実だ。現実にブリタニア軍は明日にもわが国に侵攻《しんこう》し、日本はなすすべもなく敗れる」

と、そこで。

藤堂は胸元《むなもと》にすっと手をやった。

軍服のボタンに指を触《ふ》れた。

何気ないしぐさではあった。

そうしておいて、藤堂は、

「敗れると分かっていて……」

慎重《しんちょう》にたずねていた。

「閣下。なぜ、あなたはここまで事態を悪化させたのです？」

「ほう、なんのことを言っておるのかな？」

ゲンブは肩《かた》をすくめた。

しわの浮《う》いたその顔には、再び陰湿《いんしつ》な笑みが貼《は》りついていた。

「というより、どれのことを言っておるのか分からんぞ。藤堂、お前が言っているのは、わしがマスメディアをあおって国内に反ブリタニアの世論を作りあげたことか？　それとも、ＥＵや中華連邦の口車に簡単に乗ってみせたことか？　あるいは、サクラダイトの分配率を故意にブリタニアを怒《おこ》らせるよう操作したことか？」

「それらを含《ふく》めた、すべてです」

いまや藤堂の眼光も鋭《するど》いというより、殺気を帯びたものになりつつあった。

全身から剣呑《けんのん》な気が噴《ふ》き出しつつあった。

そして、それは無論――。

あの少年などには決して見せない藤堂のもう一つの姿でもあった。

ゲンブは藤堂の気を嫌《きら》うように、軽く手を振《ふ》って顔をそむけた。だが、今度は笑《え》みが消えない。

「お前に責められるいわれはないぞ、藤堂。わしの側近のふりをし、息子《むすこ》まで手なずけ、そのくせ、いざとなればわしを蹴落《けお》とす気であったお前になどな」

横を向いて嘲《あざけ》るように言った。

「！……なにを」

「キリハラの老人の差し金であろう、お前は」

藤堂の幅《はば》の広い肩がぴくりと震《ふる》えた。

それをゲンブはふんと横目で見やった。

「あいかわらず、あの老人のやることは姑息《こそく》で見え透《す》いておる。それとも、本気でわしが知らぬとでも思っておったのかな。――まあよい。お前はわしに付けられたお目付け役だ。そのために、わしに近づき、わしの家に出入りしていた。いや、別にお前に限った話ではない。歴代、この国の総理は同じようなコブを背負ってきた。背負わされてきた」

そこで初めて、ゲンブの口調が吐《は》き捨てるようなものになった。

「自由だ、民主主義だというても、実態は空《むな》しいものよ。結局のところ、この国は六十年前の

あの大戦で敗れる前と何も変わっておらん。一握《ひとにぎ》りの妖怪《ようかい》めいた妄執《もうしゅう》者どもに権力を握《にぎ》られる
――そう、その構図だけはな。しかし、それならば、だ」

ゲンブは机に放《ほう》り出していたタバコの箱を手にとった。

一本、取り出し、火をつける。

蛇《へび》を思わせる紫煙《しえん》が室内を立ちのぼった。

この部屋の中で、それだけは安物といってもよい市販《しはん》のタバコをくゆらせ、ゲンブはまたく
っくと笑った。

笑って、藤堂の顔を再び正面から見た。

「ならば……権力を握る者が必ずしもキリハラと限る必要はないのではないかな？　のう、藤
堂」

瞬間《しゅんかん》――だった。

おぞましいほどの悪寒《おかん》が、藤堂の背筋を襲《おそ》った。

雷光《らいこう》のようにその脳裏《のうり》にひらめくものがあった。

「あなたは、まさか――」

思わずソファから藤堂は腰《こし》を浮かせた。

「そのために、この国を――この日本をブリタニアに売り渡《わた》すというのですか。ご自分の権勢
を広げるためだけに、無用の戦争を引き起こし、あえて異国の犬となって生きると」

ゲンブは答えなかった。

答えずにただ笑った。

「わしを斬《き》るか？　藤堂」

「…………」

「できまいな。お前はそこまでの命をキリハラから与《あた》えられておるまい。そして、もはやキリハラだとて、ここまで進んだ事態を動かすことはできん」

藤堂の拳《こぶし》が握りしめられた。

石のように、という表現など生ぬるい。

硬《かた》く、それはそれだけで誰かを殺せるほどの凶器《きょうき》であった。

ちらりとその拳を眺《なが》めて、ゲンブはまたふんと鼻を鳴らした。

そうして、ゲンブは唐突《とうとつ》に話題を変えた。

「そういえば——我が家で飼っておる、あのブリタニアからの贈《おく》り物のことだがな」

「！」

「あれはこっちで始末せねばならん。元々、そういう要望が向こうからあってな」

「……なんですと？」

「父親からではないぞ。さすがにそこまでの冷血漢でもないらしい。ただ、恐《おそ》るべきは家中の派閥抗争《はばつこうそう》というやつよ。どうしても、あれを生かしておく気になれん連中があちらにはいてな」

　また一つ、パズルのピースがはまった。

「……それが、あなたの取引相手というわけですか。子ども二人の命と引き換《か》えに、属領となりさがったこの国の総督《そうとく》の地位を手に入れるとでも？」

「まさか。そこまで気前のよい商売人はおるまい。あれのことはついでよ。しかし、いい約束手形にはなってくれよう」

「………」

「戦乱に巻き込まれて死亡――陳腐《ちんぷ》だが、分かりやすく、見えやすいシナリオではある。もっとも、そこまで相手の思惑《おもわく》どおり踊《おど》ってやるほど、わしもお人よしではないのでな。一人は生かしておく。それで牽制《けんせい》にはなる。少なくとも、事がすんだあと、やつらに契約《けいやく》を違《たが》えさせぬための手形に」

「………」

「仮払《かりばら》いは、娘《むすめ》のほうだ」

　言って、ゲンブはまた顔をゆがめた。

ヤニで黄色くなったその舌がべろりと上唇《うわくちびる》をなめた。獲物《えもの》を前にした醜《みにく》い蜥蜴《とかげ》のような舌なめずりだった。

　そのとき、藤堂は初めて気づいた。

自分の目の前に座る男の顔。いや、その身体《からだ》。

完全に常軌《じょうき》を逸《いっ》した鬼気《きき》と、それをはるかに超《こ》える濁《にご》った欲望が立ちのぼっているのを。

もはや陰湿《いんしつ》というにはあまりに暗く淀《よど》みきった笑いを、ゲンブはまた浮《う》かべていた。

「本音を言えば、そこらの娼窟《しょうくつ》にでも売り飛ばしてやりたいところだがな。しかし、慈悲《じひ》である。このわし自らが引導を渡してやろう。のう、藤堂」

「あ、あなたという人は……」

すでに藤堂には言葉もなかった。

「なんという……」

「そして、お前にも選択肢《せんたくし》をくれてやる。短い間ではあったが、出来の悪い息子《むすこ》のお守《も》り、ご苦労だった。これ以後、キリハラではなくわしに従うか、あるいは枢木の地の下で長い眠《ねむ》りにつくか。好きなほうを選べ」

ぱちんとゲンブの指が鳴らされた。

同時に、厚い書棚《しょだな》の陰《かげ》から黒ずくめの男たちが数人、姿を現す。初めからそのつもりで伏《ふ》せていたのだろう。

身構える間すらない。

無機質な銃口《じゅうこう》が藤堂に突《つ》きつけられていた。

＊

——少年は走っていた。

青ざめ、顔を引きつらせ、スザクは石畳《いしだたみ》の上をただ一心に駆《か》けていた。

いつものように身軽に、走ること自体を楽しむのでなく、何かに追われるように、何かに押《お》しつぶされるのを嫌《きら》ってもがくように、スザクは道を走り続けていた。

心のどこかで考え、そして、どこかであえて考えないようにしていたことであった。

だが、その恐れていたことがとうとう現実のものとなってしまった。

本当のことを言うと、スザクは藤堂と父の話を全部盗《ぬす》み聞きしたわけではなかった。第一、聞いても半分は理解できなかっただろう。

スザクが知ることができたのはたった一つ。

——ブリタニアとの戦争が始まってしまう。

あの二人の国と、自分の故郷がいさかいを始めてしまう——。

なら、自分たちは……いや、あの二人はどうなってしまうのだろう。

スザクの周りにいる大人たちは、彼らのことを陰で人質《ひとじち》と呼んでいた。おせっかいにも忠告めいたことを言ってくる者さえいた。

——スザクさま。

ブリタニアの子と仲良くするのはおやめなさいませ、などと。

言うまでもなく、スザクはそれらをすべて聞き流していた。無視していた。自分には無関係の話、大人の世界の話だと思っていた。だって、本当に関係ない。国だとか、戦争だとか、そんなこと知らない。自分たちには意味がない。用もない。自分たちの間にあるものとは縁《えん》がない。

そう、思いこんでいた。

いや、思いこもうとしていた。

しかし、やはりそうではなかったのだ。

関係はあったのだ。縁というより、因縁《いんねん》があったのだ。

人質、人質、人質、人質——ブリタニアが日本と仲良くしたくて送りこんできた子——でも、ブリタニアと日本は戦争する。ブリタニアは攻《せ》めてくる。

なぜ？

あいつらがいるのに。皇子と皇女なんだろう。なぜ、見捨てる？　見捨てるような真似《まね》をする？　皇帝《こうてい》の子どもじゃないか。本当は偉《えら》いんだろう。守ってやるべきなんだろう。あいつらは強くなんかない。弱い。ここでは本当に弱い。なんで？――死。裏切ったら、ヒトジチはコロサレル。ゼッタイにコロサレル。カナラずコロサレル。コロシテ、コロシテ、コロシツクサレル。ナンで、ドウして！

頭の中がぐちゃぐちゃだった。

がんがん鳴っていた。

腹の底からせりあがってくるような吐《は》き気があった。怒《いか》りがあった。混乱があった。衝動《しょうどう》に流されるまま、スザクは走った。走ってどうなるものではないという自分自身の心の声を聞きながら、それでも走った。

木々に挟《はさ》まれた小さな古い建物があっという間に近づいてくる。二人が生活している離《はな》れが目前に迫《せま》ってくる。

戸を叩《たた》くような真似はしなかった。そんな余裕《よゆう》などなかった。スザクは蹴破《けやぶ》るようにして戸を開き、中に飛びこんだ。

「ルルーシュ！　ナナリー！」

怒鳴《どな》る。

聞く者がいれば、それはむしろ悲鳴にも聞こえたことだろう。

「どこだっ。返事しろ！」

答えは――ない。

外はもうかなり日が翳《かげ》りつつあるというのに、中は明かりさえついていない。薄暗《うすぐら》い離れはしんと静まりかえっており、その静寂《せいじゃく》がスザクの心臓を締《し》めあげた。不吉《ふきつ》というにはあまりにもおぞましい予感がスザクのありとあらゆる臓器を芯《しん》から震《ふる》えあがらせた。

「ルルーシュッ！　俺だ！」

呼気のすべてを吐き出し、振《ふ》り絞《しぼ》るようにしてその名を呼ぶ。

ふと――。

自分のものでない声が鼓膜《こまく》をかすめた。

一瞬《いっしゅん》、錯覚《さっかく》かと思った。

いや、違《ちが》う。これは錯覚なんかじゃない。確かに声が聞こえる。方角は――上。

二階だ！

階段を駆けあがる。

手狭《てぜま》な二階の廊下《ろうか》にスザクが達したとき、今度こそはっきりと誰かがうめくような声を聞いた。

「ルルーシュ！」

右手にあった寝室《しんしつ》の扉《とびら》をぶち抜《ぬ》くようにして開ける。

粗末《そまつ》な寝台の横で。

黒髪《くろかみ》の少年が床《ゆか》に倒《たお》れ伏《ふ》していた。

「ルルーシュッ!? おいっ、しっかりしろ!」

駆け寄り、スザクは相手を抱《だ》き起こそうとした。

が、そのとたん、助けられるべき相手は逆に猛然《もうぜん》と抵抗《ていこう》を見せた。

「っ!」

伸《の》ばしたスザクの腕《うで》にいきなり嚙《か》みついてきたのだ。

「くっ……馬鹿《ばか》っ、ルルーシュ! 俺だ、スザクだ!」

それでもルルーシュは暴れることをやめようとしない。スザクの腹を蹴《け》り、髪をつかみ、必死にその身体《からだ》を引き倒そうとする。

まるで、初めて会ったとき、自分につかみかかってきた彼に戻《もど》ってしまったようだった。

妹を、ナナリーを守るために、勝てないと知りつつも、必死で立ち向かってきた彼に。

「くそっ、なんだってんだっ」

思わず叫《さけ》んで、スザクはルルーシュを無理やり押《お》さえつけようとした。

その瞬間、スザクはぞっとした。

揉《も》みあっているうちに身体の向きが変わり、それを見たのだ。

自分の腕の中のルルーシュ。その目。

明らかに普通《ふつう》の色ではなかった。

色は変わっているが、あの、いつも澄《す》んでいたはずの瞳《ひとみ》が濁《にご》っていた。焦点《しょうてん》がまったく定まっていなかった。

不意に、暴れていたルルーシュの力が弱くなった。そのことにもスザクの背筋は凍《こお》りそうになったが、しかし、最悪のことが起きたわけでもないようだった。

その証拠《しょうこ》に、ルルーシュが今度はひしと自分の胸にすがりついてきたのだ。そして、

「……ち、父上……」

一瞬、スザクがはっとしたのは、無意識に助けを呼んでいると思ったからだった。

しかし、そうではなかった。

定まらない瞳で、遠くをにらみつけながら、ルルーシュの顔はまぎれもない憎悪《ぞうお》に染まっていた。

抑《おさ》えきれない激情に支配されていた。

「……父上……やっぱり……こうなることを見越《みこ》して……僕たちを……見……捨てたな！　父上っ！」

——それで。

何かが、ぴたりとはまりこんだ。

スザクの胸のうちで、見たくもなかったものが、聞きたくもなかったものが。

はっきりと、その姿を現した。

なぜ？

なぜ、彼は。

なぜ、この黒髪の少年は、邸《やしき》の者たちをあそこまで警戒《けいかい》していたのか？

唯一《ゆいいつ》、スザクを除いて、ルルーシュはそれ以外の人間と極端《きょくたん》に関《かか》わりを持とうとしなかったのか？

彼は最初から知っていたのだ。

スザクがぼんやり感じていた不安などではなく、はっきりと自覚していたのだ。

この邸にいるのは、敵ばかりだと——。

彼には初めから分かっていた。

最初から理解していた。

のんきに友情ごっこを続ける自分などとは比較《ひかく》にならない冷静さと重さで、そのことを悟《さと》っていた。

だからなのだ。

だからだったのだ。

彼はいつも心を閉《と》ざしていた。

絶対に誰《だれ》とも打ち解けようとしなかった。

そう。

他《ほか》の人間は、彼にとってまぎれもなく、自分たちの命をおびやかす「敵」だったのだから—

――。

そして、必死で妹だけを、ナナリーのことだけを守ろうとしていた。

そうしていた。それが彼のすべてだった。

でも、それなら……。

どうして。

どうして、彼は自分だけは許してくれたんだろう？

どうして、自分の友情ごっこに付き合ってくれていたんだろう……？

「……ナナリー……」

そのルルーシュの言葉が、数瞬《すうしゅん》の自失からスザクを我に返らせた。

「ルルーシュ！　しっかりしろ！　ナナリーはどこだっ」

「……くそ……こんな……薬で……」

「馬鹿《ばか》っ、目をつぶるな。お前、ナナリーを守るんだろうが！　そう言ってた！」

「……ナナリー……ス、スザク……ナナリーを……」

「！」

「……ごめん……君のこと……最初……誤解して……た……ごめん……だから……ナナリーだけは……」

「――」

「……だ、だから……ナナリーの……こと、だけは……」

ルルーシュの言葉が途切《とぎ》れる。今度こそはっきりと意識を失う。

無論、死んだのではない。

白いシャツの胸元《むなもと》は、むしろ目を開けていたときよりも、おだやかに規則正しく上下していた。おぼろげながら、スザクにもそれが純粋《じゅんすい》な眠《ねむ》りであることが分かった。スザクはよく知らないが、人をこういう状態にする方法があるとは聞いたことがある。意識を失う前のルルーシュもそんなことを口にしていた。

落ち着いてよく見ると、寝室《しんしつ》の中は散らかり放題だった。

ここで何が起こったのかもそれで分かった。

おそらくルルーシュはナナリーを連れていこうとする相手に抵抗《ていこう》したのだろう。そして、何かの方法でこんな状態にされてしまった……。

「――――」

両腕《りょううで》に抱《かか》えたルルーシュをスザクは静かに見下ろした。

いまのスザクの腕力《わんりょく》には荷が重い体を、それでも苦労して寝台の上に寝《ね》かせる。

ルルーシュのまぶたはしっかりと閉じられている。

「――――」

たぶん。

意識を失う前にルルーシュが言った最後の言葉は、スザクの姿を認めてのものではあるまい。

現実にスザクがここに駆《か》けつけたことに気づいてのものではあるまい。

だが、それでも彼は確かにスザクに告げたのだ。

言ったのだ。

妹を頼《たの》むと。

ナナリーを助けてくれ、と。

ごっこ——などではない。

なかった。

それでよかった。そして、そのことが、

——スザクの他のありとあらゆる感情を封殺《ふうさつ》した。


「————」

ほんのしばし、寝台の上で目を閉じたルルーシュを見てから、スザクはくるりときびすを返した。

駆けだそうとしたところで、一度だけその足が止まる。

「——分かった。待ってろ、ルルーシュ」

低いつぶやきと同時に、少年は部屋を飛びだしていった。

＊

力。

力がいる。

いまの自分には力がない。

だとすれば、力がいる。

彼との、友達との約束を果たすための力がいる。

どこに？

どこに行けば？

手に入る？

——そう。

あ、あ、あそこしかない。

＊

ナナリー・ヴィ・ブリタニアはいつもの暗闇《くらやみ》の中にいた。

あの日以来、彼女と彼女の兄の母を失った日以来、晴れることのない闇の中にいた。

鋭敏《えいびん》なナナリーの感覚をもってしても、ここがどこなのかは分からなかった。兄と引き離《はな》され、言われるままに他人の手で連れてこられた場所がここだった。分かろうはずもない。

ただ、なにか嫌《いや》な感じがする部屋だった。

空気は暖かいのに、それが肌《はだ》にねっとりとまとわりつく感じだった。

――お兄さま。

闇の中で、ナナリーは身を硬《かた》くする。

その名だけを、小さくつぶやく。


――まあ、これで大体うまく済んだ。

窓のブラインドを下ろした書斎《しょさい》で、安物のタバコをくゆらせながら、枢木ゲンブはそんなことを思った。

その前に藤堂の姿はもうない。

邸《やしき》の一室に放《ほう》りこんで、監禁《かんきん》してある。

ソファに深々と身を沈《しず》め、タバコの煙《けむり》を吐《は》きだすゲンブの顔には、あいもかわらず歪《ゆが》んだ笑《え》みが浮《う》かんでいた。

昏《くら》い笑いだった。

昏い満足だった。

と、不意に室内の電話が鳴った。

外線の青ランプはついていない。

内線だ。

笑みを絶やさぬまま、ゲンブはおもむろに受話器を手に取った。

「わしだ」

受話器の向こうからくぐもった声が何かを告げる。

そのとたん、ゲンブの顔から笑いが消えた。

タバコの火を灰皿の上で揉《も》み消し、ゲンブは受話器を手にしたまま立ち上がった。

窓に歩み寄り、ブラインドを指先でわずかに押《お》しあげる。

「……何人だ？」

そんな問いがゲンブの口から漏《も》れ、受話器の向こうの声がまた答えた。

一瞬《いっしゅん》、沈黙《ちんもく》があった。

そして、

「ふん。それなりに食わせものということか、藤堂」

すでに視界にいない人間の名をゲンブは口にし、再びにやりと笑った。

「よい。放っておけ。飼い犬のあげた悲鳴に、飼い主が応じただけのことよ。キリハラめ、どうやら、わしの思っていた以上に、わしを疑っておったらしい」

ゲンブの指がブラインドを離れる。

「……ああ。盗聴器《とうちょうき》でも使っておったのだろう。こうなると、あれはおとなしく帰したほうがよいかもしれんな……そうだ、なにも相手に口実を与《あた》えることはあるまい」

言いながら、歩きだす。

書斎の扉《とびら》に向かって一歩、二歩、ゆっくりと。

「予定が狂《くる》った？……くく、愚《おろ》か者。下手にこの邸に踏《ふ》みこめば、むしろあちらが墓穴《ぼけつ》を掘《ほ》ることになるわ。あの妖怪《ようかい》はそこまで無能ではない。……アッシュフォード？　なるほど、そういう繋《つな》がりか。だが、犬を帰してしまえば、何もできんだろう。それよりも……くく、そうだ。いますぐ既成《きせい》事実さえ作ってしまえば、もはや跪《ひざまず》くのはわしではない。……長かったぞ、妖怪め。あの娘《むすめ》の命が失われたとき、貴様の天下も終わりだ……」

五歩、六歩。

が、そのときだった。

何の前触《まえぶ》れもなく、付け加えるのなら、ゲンブが手をかけるより前に、扉が不意に開く。

はっとしたようにゲンブは受話器を手で押さえた。

殺気さえこめて、扉の隙間《すきま》をにらみつける。

鋭《するど》い視線の先に立っていたのは——。

小さな影《かげ》だった。

洗いざらした白の胴着《どうぎ》に紺《こん》の袴《はかま》。

精悍《せいかん》というより、まだ、あどけなさのほうが目立つその顔……。

ゲンブはほっと安堵《あんど》の息をついた。

だが、安心すると同時に、怒《いか》りと不審《ふしん》も抱《いだ》いた。

最も大事なときに、まったく予想もしていなかった人間に邪魔《じゃま》されたのだ。

「なんの用だ、スザク」

「…………」

少年の瞳《ひとみ》はじっとゲンブに向けられている。

妙《みょう》に静かな目をしていた。

「なんの用かと聞いておる。父は忙《いそが》しいのだぞ」

「…………」

重ねて問いただしても、答えは返ってこない。

ゲンブはちっと舌を鳴らし、受話器を押さえていた手を離した。

「わしだ……いや、なんでもない。──うむ。すぐにかけ直す。それまでおとなしくしておれ」

短く指示を出すと、ゲンブは電話をきった。

そうして、いらだたしげな目を少年に、目の前に立った実の息子《むすこ》に向けた。

どういうわけか、息子の左手は後ろにまわっている。

大して気にもとめず、ゲンブは叱声《しっせい》を発した。

いや。

発しようとした。

「スザク──」

「──父さん」

互《たが》いを呼ぶ声が重なった。

「む」

「お願いです、父さん」

言いながら、スザクは書斎《しょさい》に入ってきた。

その声からもどこか感情が抜《ぬ》け落ちていた。

「戦争なんかやめてください」

一瞬、ゲンブはぽかんとした。

完全に虚《きょ》を衝《つ》かれた。

まじまじと近づいてきた少年を見返した。

「なに？」

「お願いです」

スザクがまた言った。

「あいつらに手を出さないでください」

たちまちゲンブの顔つきが変わった。

腫《は》れたまぶたの内にある目が、敵を見るような鋭さを帯びた。もっとも、それも一瞬《いっしゅん》のことで、すぐにゲンブの表情は平静さを取り戻《もど》した。

「なんの話をしておる。寝《ね》ぼけたか」

吐《は》き捨てるように応じて、ゲンブはスザクの横を通りすぎようとした。

が、その腕《うで》を意外にも強い力がぐいと引いた。

「ぬ」

「お願いです、父さん」

つかんだ手をゲンブは振《ふ》り払《はら》おうとする。しかし、どうしたことか、離《はな》れない。しっかと握《にぎ》りしめ、放そうとしない。

「お願いです」

何度目かのその言葉に、ゲンブは初めてかっとなった。

「くどい！」

今度は本気で腕を振った。それで息子の手は離れた。と同時になにかの音がした。

——ゴトリと重たい音。

どうやら、スザクは何かを後ろ手に隠《かく》し持っていたらしい。

別に確認《かくにん》しようともせず、さらに、よろめいて床《ゆか》に膝《ひざ》をついたスザクに声をかけることもせず、ゲンブはその場を歩き去ろうとした。

あるいはだ。

それは彼なりの後ろめたさの表現であったのかもしれない。

己《おのれ》の都合だけで、息子にできた唯一《ゆいいつ》の友とも言ってもいい存在を奪《うば》うことへの。

しかし、その甘さこそが——。

枢木ゲンブという男の輝《かがや》かしい未来をすべて奪っていった。

背後でスザクが立ち上がる気配がする。

無視して、ゲンブは部屋を出ようとした。

その瞬間だった。

小さく、スザクがつぶやいた。

「……なら、父さんはここから出ちゃいけない」

なに──と、さすがに振り返った。そのとき。

ずぶり。

とてつもなく嫌《いや》な音をゲンブの耳は聞いた。

さながら、地面を這《は》う芋虫《いもむし》が踏《ふ》みつぶされたような。

腐《くさ》った粘土《ねんど》に誰《だれ》かが無理やり手を突《つ》っ込んだような。

そんな音だった。加えて、腹部を襲《おそ》う激痛。中心は冷えきっているくせに、そこから神経という神経を破壊《はかい》せんとばかりに広がっていく灼熱《しゃくねつ》の衝撃《しょうげき》。

「がっ！」

「…………」

「ぐっ、はっ⁉　ス、スザクっ、お前は……！」

「……出ちゃいけないんだ」

やがては名実共にこの国の統治者となるはずだった日本最後の首相が、最後に聞いた言葉は。

そんな理解不能な言葉だった。

静寂《せいじゃく》は続く。

室内のどこかにかけられているらしい時計の、こつこつという秒針の音だけが聞こえる。

自分の吐く息の気配だけが感じられる。

だが、唐突《とうとつ》に――。

ぎぎぃという軋んだ音と共に部屋の扉《とびら》が開く音がした。

はっと、ナナリーは車椅子《いす》の上で顔をあげた。

近づいてくる足音。

人の体温。

「……だれ、ですか？」

たずねても、返答がない。

静けさは変わらない。

未来永劫《みらいえいごう》、誰も応《こた》えてくれないかのように、暗く、無慈悲《むじひ》に続く。

不安が恐怖《きょうふ》に変わろうとした。

悲鳴が喉《のど》をついて出ようとした。

が、そのときだった。

「……ナナリー。大丈夫《だいじょうぶ》か？」

「え——ス、スザクさん？」

その声は、ずっとこの部屋に一人で置いておかれたナナリーにとっては、まさしく唐突に差しこんできた光のようなものだった。

しかし、だからこそ。

ナナリーは、その声がいつもとまったく違《ちが》って無表情であることに気づかなかった。

「ごめんな。こんなとこに閉じこめたりして。父……あの人、ちょっと酔《よ》っぱらってたみたいなんだ」

背中に回ったスザクの気配が車椅子に手をかけた。

ぴちゃりという音がした。

——ぴちゃり？

匂《にお》いがする。

鉄の、さびた鉄のような匂いがする——。

「あ、あの、スザクさん？」

「大丈夫。もう……寝ちゃってるから。驚《おどろ》かせて、ほんとにごめん」

「あの……」

「帰ろう、ナナリー。ルルーシュが待ってる」

車椅子のキャスターが下ろされた。

そのまま、ゆっくりとスザクの手が車椅子を押《お》す。

車輪が床の上を重たげに進んだ。

だが、それが部屋の敷居《しきい》を越《こ》え、廊下《ろうか》に出たとたん、

「……うっ！　ぐっ……」

「スザクさん？　スザクさん、どうしたんですか？　ご気分でも？」

「あ……ああ。ちょっと……うん。やっぱり——駄目《だめ》、みたいだ。ナナリー、あとはお手伝いさんに頼《たの》んで……」

「スザクさん？」

「ほんとに——ごめん」

言うなり、スザクの気配が唐突に車椅子を離《はな》れた。走りだした。

「ス、スザクさん、本当にどうしたんですか？　なにがあったんです、スザクさん！」

車椅子から精一杯《せいいっぱい》身を乗りだし、いや、それどころか、自分の手で車輪さえも回し、ナナリーは遠ざかっていくスザクの気配を必死で追いかけようとする。

無論、追いつけるはずもない。

手が届くはずがない。

それでもう、目の見えないナナリーにはどうしようもなかった。

どうしようもなかったのだ。

どこかで。

ばたんと激しく扉が閉まる音がした……。

＊

その部屋に藤堂が足を踏《ふ》み入れたとき、すべては終わっていた。

終わってしまった後だった。

深い毛の絨毯《じゅうたん》に染《し》みこみ、黒く染まった血。

それでも吸いきれない液体が、毛の先で不気味に蛍光灯《けいこうとう》の明かりを反射している。

血の中心で、その男は白目をむいて完全に絶命していた。

ついさっきまで、この日本の首相であった枢木ゲンブという名の男は、いまは単なる肉の塊《かたまり》と化していた。

そして、それから離れたところ。部屋の隅《すみ》。

純粋《じゅんすい》な日本人にしては色素の薄《うす》い髪《かみ》をした少年が、床《ゆか》に座りこんでいた。

膝小僧《ひざこぞう》を抱《かか》え、なにかにおびえるように、なにかを拒絶《きょぜつ》するように、顔をうずめていた。

白い胴着《どうぎ》も紺《こん》の袴《はかま》も、返り血で真っ赤だった。

そう――。

父と呼んだ男の血に。

さらに離れたところに、藤堂自身の刀が抜《ぬ》き身のまま転がっている。あの道場に置いたままだったはずの刀がそんなところに転がっている。

物音に気づいたのだろう。

少年がのろのろと膝から顔をあげた。

「先生……」

すがるような目が、部屋に入ったところで立ちつくした藤堂に向けられた。

「先生ぇ……」

だが、藤堂は答えられなかった。

壊《こわ》れかけている――それは一目で分かった。だが、それでも何も言えなかった。生粋《きっすい》の軍人であり、実際に人の死を目にしたことのある藤堂でさえ、目の前のあまりといえばあまりな光景に衝撃《しょうげき》を受けていた。言葉を失っていたのだ。それが、少年に対する残酷《ざんこく》なまでの裏切りだと知りつつも。

ゆえに、その言葉を発したのは藤堂ではなかった。

「刃《やいば》を抜いたか」

すっと藤堂の後ろから、その人物は部屋の中に入ってきた。

鶯色《うぐいすいろ》の和服を着た小柄《こがら》な老人だった。

体は小さいが、どこか存在感がある。動きもかくしゃくとしている。床をつく杖《つえ》の音さえ、あなどりを許さない力強さがある。

目にとめる者の意識をとらえてやまない空気を身にまとっている。

「……桐原公」

「おぬしからの連絡《れんらく》を受けて、手の者を向かわせてみれば——まさかこんなものに出くわすとはな。藤堂、詳《くわ》しい事情はまだわしにも分からぬが、おそらく、おぬしにも責任の一端《いったん》はあろう」

「……はい」

「ならば、まずは自らの責務を果たせ。いずれにせよ、このままでは済まぬ」

老人の声には藤堂でさえ抗《あらが》いがたい威厳《いげん》がこもっているようだった。

「枢木の死はしばらく隠《かく》すこととする。常であればともかく、いまは、な。よくない。国難のときだ。つくろいができぬ。おぬしが指揮をとれ。その権限も与《あた》える」

「可能……でしょうか？」

「このわしであれば。もっとも、生前の枢木がしでかしたことの結果を変えることまではできんが」

にこりともせず言い放つと、老人はもう藤堂には構わなかった。放《ほう》っておいて、恐《おそ》れげもなく部屋の中を進んだ。

この異常な空間で、老人だけはただ一人、平静を保っているようだった。

その足が、部屋の隅に座る少年――スザクの前で止まった。

静かに老人は呼びかけた。

「枢木スザク、といったな、少年」

スザクはどこか遠く別のところを見ている。

「少年、おぬしは刃を抜いた。それはもはや変えられぬ事実だ」

スザクは反応しない。

「一度抜いた刃は血を見るまで鞘《さや》には納まらぬ。言っておくが、おぬしの刃はまだ納まっていない」

スザクは答えない。

「そう――。たとえ、父をその手にかけたとしてもな。おぬしの目がそう言っておる。これを行うことのできたおぬし自身の血と体がそう言っておる。ならば……あとは、おぬし自身がどこで己《おのれ》の刃を納めるかだ。おぬしがなにを選ぶかだ。いまおぬしが流した血に、そして、これからも流しつづける血に対して、いかにして責をあがなうかだ。――しかし、それができぬというのなら」

反射的に、藤堂には老人がなにを言うつもりか分かった。

長年、仕えてきたのだ。

だが、だからこそ、藤堂には老人の言葉を止めることができなかった。

「この場で己の命を断て」

スザクの体が初めてびくりと反応した。

老人はあくまでも冷厳だった。

「さらに告げておく。それすらもできぬというのなら、おぬしの居場所はこの天地のどこにもない。生きる値打ちすらない。そう心得よ」

その言葉にどれほどの力があったというのか。

不意に、スザクはよろよろと立ちあがった。

夢の中をさまようようにして、影《かげ》も薄《うす》いその姿ではあったが、ともかく立ちあがって、スザクは歩きだした。

ふらつく足で部屋を出ていく。

部屋の出口に立っていた藤堂が、ちらりと老人に目をやった。

老人が小さくうなずく。

藤堂は一礼して、少年のあとを追った。

＊

——いつの間にか、外は雨になっていた。

しとしとと落ちる雨粒《あまつぶ》がスザクの髪《かみ》を、肩《かた》を、腕《うで》を濡《ぬ》らしていく。

服はさっきまでの血に濡れた胴着《どうぎ》ではなかった。ごく当たり前のシャツ。藤堂が身体《からだ》を洗って着替《きが》えさせてくれたものだった。しかし、そんなことさえ、いまのスザクにとってはまったくの無意味だった。まったく覚えていなかった。

雨に濡れながら、スザクはただ目の前の建物を見上げていた。

暗闇《くらやみ》の中で、そこだけはぽつんと浮《う》かぶ、何かの救いを思わせるような明かり。

小さな離《はな》れ。

スザクはじっと見つめていた。

やがて、その足が後ろを向く。

建物を離れようとする。

だが、

「スザク！」

身体の動きが止まった。いや、止められた。

ゆっくりと振《ふ》りかえる。

離れから黒髪の少年が飛び出してくるところだった。

息を切らせ、走り寄ってくる。

そうして、彼は——ルルーシュは、スザクの前に立っていた。

「スザク、やっと来たか。いったい何が……」

「……ルルーシュ。ナナリーは？」

言葉をさえぎって、スザクは無表情にたずねた。

「あ、ああ。さっき戻《もど》ってきた。中にいる」

「そうか……お前も目を覚ましたんだな……」

「それもついさっきだ。それより、いったい何があった。事と次第《しだい》によっては、スザク、いくら君でも……」

「大丈夫《だいじょうぶ》。もう終わった。終わったこと、だよ……」

「スザク？」

ルルーシュの声に狼狽《ろうばい》の気配が加わった。

それも無理はない。

スザクはルルーシュの胸にすがりついていたのだ。

ほんの数時間前、意識朦朧《もうろう》としていたルルーシュがスザクにそうしていたように。

いや、それすらも長続きしない。

ルルーシュのシャツの胸をつかみ、しかし、それでも自分の体を支えきれず、スザクは濡れた地面に膝《ひざ》をついていた。懺悔《ざんげ》するかのように、首《こうべ》を落としていた。

「ス、スザク？　こら、放せ。というか、ちゃんと説明してくれ。さっきは……」

「……ルルーシュ。俺は……いや」

そのとき、初めてスザクの声に涙《なみだ》が混じった。

こらえきれないものが、いや、こらえることすら忘れていたものがスザクの喉《のど》の奥からあふれ出した。

「僕は――」

「っ!?」

「僕は……もう二度と、自分のために自分の力を使ったりはしない……」

「ス、スザク？」

「絶対に……しない。しては……いけない……ルルーシュ……」

それこそが。

抜《ぬ》いた、いや、抜いてしまった刃《は》の行き着く先だ。

雨は、あいかわらず暗く降りつづけていた。

CODE GEASS
Lelouch of the Rebellion

Promise

＊

――2010・6・××　日本

よくよく考えてみると。

彼ら二人には、父性というべき存在がない。

擬似《ぎじ》的なものはあったにせよ、それはあくまでも擬似的なものでしかない。本物ではない。

そう。

一人は、父を心の底から憎《にく》み、やがては父と父の国の破壊《はかい》をもくろみ。

一人は、父の死にとらわれ、そこから抜け出そうとあがき続ける。

そんな彼らの進む道の果てになにがあるのか。

何を見るのか。

それはまだ分からない。

＊

砂浜《すなはま》に打ち寄せる波は、今日は比較的《ひかくてき》高かった。

陸との境目に近づくと、白くうねりを見せては、水しぶきをあげて砕《くだ》ける波。

台風が近づいているという情報はない。単に風が強いだけだろう。空は雲こそ出ているが、太陽がしっかりと顔をのぞかせている。

さらさらとした砂に手をついて腰《こし》を下ろし、スザクは海を見ていた。

いつもの胴着《どうぎ》に紺《こん》の袴《はかま》をはいた姿だった。

ただ、その腰に例の木刀は差していなかった。すぐそばに置いている様子もない。

身軽な格好のまま、スザクはぼんやりと海を眺《なが》めていた。頭上を白いカモメが飛び去っていく。

不意に——。

日が翳《かげ》った。

太陽に雲がかかった。

そのとたん、スザクの茫洋《ぼうよう》としていた雰囲気《ふんいき》が変わった。目つきが一変した。

即座《そくざ》に立ち上がり、鋭《するど》い眼光を背後に向けた。

と、そこに、

「——大したものだな。軽く殺気を飛ばしてみただけなのだが」

声には若々しい張りがあった。

岩陰《いわかげ》から長身の姿が現れる。

濃《こ》い緑色の軍服、そして、鋭い刃物《はもの》を思わせるような尖《とが》った容貌《ようぼう》。

「もう、腕《うで》をあげたなどと悠長《ゆうちょう》なことを言っている場合ではないのかもしれないな。まあ、実際、私はすでに君の師匠《ししょう》ではないのだがね。——久しぶりと言うべきかな、スザクくん」

「藤堂……さん」

ほっとスザクは体から力を抜いた。

微笑《ほほえ》んだ。

＊

ルルーシュの前には一人の男が座っていた。

青い畳《たたみ》の上にきちんと正座した姿。

しかし、そんな格好で座りながらも、相手は日本人ではなかった。黒いスーツ、色の濃いサングラス、そして——首筋に見える火傷《やけど》のあと。

ルルーシュが無言で目線を向けると、男はこれまたどこで覚えたのか、畳の上に丁寧《ていねい》に手をつき、頭を下げた。

「ご無沙汰《ぶさた》しております、ルルーシュ様。ナリタ以来ですね」

そう。

それは、ルルーシュやナナリーが初めてこの日本にやってきたとき、たった一人、同行者として付いてきていたあの男だった。

が、しかし。

男の挨拶《あいさつ》をやはり無言で受けたルルーシュは、ややあって、にこりと笑った。

「ナリタ、じゃないだろう」

頭をあげた男の眉《まゆ》がぴくりと動いた。

ルルーシュは構わず続けた。

「ご無沙汰というのもあんまり正しくないな。あなたと会ったのは、つい二十日ほど前のはずです。その様子だと、うまくここから逃《に》げられましたか?」

一瞬《いっしゅん》、室内の空気が凍《こお》りついた。

だが、文字通り、それは一瞬のことだった。

男はサングラスをはずした。

見る者を射すくめるようなその眼光――。

「……ご存じでしたか」

「いいえ。ただの当てずっぽうです」

ルルーシュは肩《かた》をすくめた。

「でも、あとになって考えてみると、あのときのことが少しおかしいなとは思ってました。大体、刺客《しかく》にしては手際《てぎわ》が悪すぎたし、そもそも武器の一つも持ち出さない暗殺者なんて聞いたこともない」

「かないませんな」

男は苦笑《くしょう》した。

それは初めて見る素《す》の表情にも、ルルーシュには思えた。

「実際、あの件では、私も後でたいそう旦那様《だんなさま》に叱《しか》られました」

「それはそうだろうね」

この男はもともと訓練を受けた人間ではない。彼が「旦那様」と呼ぶ人物の懐《ふところ》刀《がたな》ではあっても、荒事《あらごと》の専門家ではない。

しかし、それにしてもだ。

たかだか十歳の子ども二人相手に、あのざまである。一人には仲間を数人やられ、もう一人には舌先三寸ですごすご退散だ。

「それで——今日は？」

ルルーシュはごく軽い口調でたずねた。

「誘拐はもうあきらめたんですか」

「はい。あきらめました」

悪びれもせずに答えるのだから、この男も意外にいい性格をしている。

「というより、その必要はなくなりました。こちらの方々と話がつきましたので。これでなんとか私も面目を保てそうです」

「ふ～ん」

ルルーシュの目がすいと細くなった。

「なんとなく分かるけど、分からないこともあるな。大体、なんのために僕をさらおうとしたんです？」

「それは無論、あなた様のお命を守るためです。もちろん、妹君も」

「アッシュフォード家は、とっくに僕や妹の支援《しえん》は打ち切っていたんだと思っていましたが？」

「本気でおっしゃっているのですか？」

「いいえ」

ルルーシュははっきりと答えた。

「もし、そうだったら、僕も妹もとっくにこの日本で命を落としていたでしょう」

事実である。

おそらく、スザクなどは——いや、枢木の家の人間ですら知らなかったことかもしれないが。

「しかし、それでも分からないな。僕も妹も、皇位継承権《けいしょうけん》を剝奪《はくだつ》された人間です。将来のない皇子を援助して、アッシュフォードになんの利益があるんです？」

「利のなきところに利を求めるのが、われらが家訓とでも申しましょうか」

あいかわらず男の返答は人を食っている。

この件に関しては、これ以上、追及《ついきゅう》しても無駄《むだ》だろうとルルーシュは思った。

残念ながら、いまは相手のほうが立場が強い。この場合、身分の上下など無意味だ。

そう思いつつ、ルルーシュは軽く息をついた。

「分かりました。それについてはもう聞きません」

「ご配慮《はいりょ》、感謝いたします」

「本題に入ってください」

「では、さっそくに——。ルルーシュ様、そして、ナナリー様、お二方には死んでもらうことにいたしました」

さすがにルルーシュも大きく目をむいた。

が、すぐにその驚《おどろ》きは消えていった。

考えこむように、ルルーシュは自分の人差し指を唇《くちびる》にあてた。

「なるほど……そういう手か。だから、誘拐なんて――」

「最も確実な手です。本来、私の専門はこちらでして――少々回り道はいたしましたが、すでに必要な書類は用意しております。あとは、適当な時機を見計らって、これをしかるべき筋に提出するだけのこと」

「……あなたがそう言うからには、僕や妹の立場はますます危険になっているということですね」

「ご明察です」

「身分も名前も捨てろ、と」

「それ以外に、ルルーシュ様とナナリー様のお命をお守りする方法はございません。あなた様が皇子でなくなれば、さしあたって、あなた様のお命を狙《ねら》う者たちも、あなた様にこだわる理由はなくなるのです」

ルルーシュは再び考えこんだ。

もっとも、それほど長い時間のことではなかった。

男の目を正面から見返し、ルルーシュはうなずいた。

「分かりました」

「ご承諾《しょうだく》いただけますか？」

「確かに、確実な手みたいですからね。ただし――条件があります」

「条件？」

「聞きたいことがあるんです。僕や妹を狙っているのは……いえ」

そのとき初めて、ルルーシュの表情が変わった。

むしろ、あどけないと表現したくなるような幼さを残した顔。

しかし、そこに浮《う》かんだのは鬼気迫《ききせま》るものだった。

そして、表情とは裏腹にしんとした声でルルーシュはたずねた。

「母さんを殺したのは——誰《だれ》だ？」

男の顔も初めて硬《かた》くなった。


海はあいかわらず荒《あ》れ気味だった。

寄せては返す白波。

その波打ち際《ぎわ》で、スザクと藤堂はただ黙《だま》って眼前に広がる大海原《おおうなばら》を見ていた。

会話は一度だけだった。

スザクが問いかけ、藤堂が返したその言葉——。

「戦争、止められないんですか？」

「ああ。本当は誰も望んでなどいないのにな」

それっきり。

あとは波の音だけが響《ひび》き渡《わた》っていた。

やがて、日が中天をすぎる。

別にそれをきっかけにしたわけでもなかったのだろうが、藤堂が砂浜《すなはま》から立ちあがった。

座ったままのスザクには特に何の声もかけずに、背を見せて立ち去ろうとする。

さくさくと砂を踏《ふ》む革靴《かわぐつ》の音。

だが、それがいくらもいかないうちに、不意にスザクが言った。

「藤堂さん。俺、剣道《けんどう》をやめます」

藤堂は振《ふ》り返った。

少年はやはり海を見たままだった。

こちらを向こうとはしなかった。

そうして、また言った。

「でも、たぶん……剣は捨てない、と思います」

藤堂はじっとその後ろ姿を見つめた。

小さくかぶりを振った。

「そうか」

「ありがとう、藤堂さん。いつか必ず、ご恩はお返しします」

ふっと藤堂は笑った。

「その必要はない。もう十分、返してもらっているよ」

そうして、藤堂は去っていった。

＊

それは——。

本当にちっぽけな約束だったのだと思う。

ささやかで、はかなくて、まして、果たされることさえあやふやで。

ルルーシュにとっても、スザクにとっても。

だが、確かにそこから始まったのだ。

彼ら二人の道が——。


「スザク」

背後から呼びかけられて、スザクは振り向いた。

白い砂浜にルルーシュの姿があった。

「どうしたんだ、こんなところで」

「ルルーシュ」

問いかけには答えず、スザクは再び海に目を向けた。

つぶやくように言った。

「いつかまた、ここで釣《つ》りがしたいな」

ルルーシュはあきれ顔になった。

「いつかと言わずに、今日だってできるじゃないか」

スザクは笑った。

「よぼよぼのじいちゃんになって、ナナリーと三人で今度こそタイを釣りたい」

ルルーシュは黙りこんだ。

そうして、こちらも小さく笑った。

「それは――いいな」

「だろう」

「そのときは、絶対に負けない、スザク」

「うん。勝てよ、ルルーシュ」

「言ったな」

「言ったぞ」

はるか彼方《かなた》の水平線に。

小さな雲が消えていった。

*

この数ヶ月後。

神聖ブリタニア帝国《ていこく》は日本に対して正式に宣戦布告する。

新型兵器ナイトメアを始めとした、圧倒《あっとう》的な軍事力を誇《ほこ》るブリタニア軍は、またたくまに日本全土を蹂躙《じゅうりん》。わずか一ヶ月で日本を降伏《こうふく》に追いこみ、新領土エリア11の設立を高らかに宣言する。

戦火の中、離《はな》れ離れになった二人の少年が再会するのは、それからさらに七年後のことである。

あとがき

まずは。

アニメ本編の監督《かんとく》の谷口悟朗さん、脚本《きゃくほん》の大河内一楼《おおこうちいちろう》さん、プロデューサーの河口さん、文芸設定の下村さんを始めとするサンライズスタッフの皆様《みなさま》、その他、お世話になった方々へ尽《つ》きることのない感謝を。


はじめまして。そして、お久しぶりの方は、本当にお久しぶりです。

今回、「コードギアス 反逆のルルーシュ」のノベライズをやらせていただいた岩佐まもると申します。

原作ファンの皆様、そして、原作ファンでなくても文庫を手に取ってくださった方々、この小説版はいかがでしたでしょうか。お楽しみいただけたでしょうか。

今回の小説版は、副題からもお分かりいただけるように、アニメ本編の設定を基《もと》に、核《かく》となる二人の登場人物の過去を追いかける形でお送りしています。これ以降に予定されているSTAGE1、STAGE2においても、（若干《じゃっかん》の誤差はあるにせよ）本編準拠《じゅんきょ》の形式に変わりはありませんので、原作ファンの皆さんはどうかご安心を。

さて、そこで少し裏話。

実際のところ、ノベライズの仕事というものは、原作の方向性と書き手の嗜好《しこう》が必ずしも一致《いっち》しないという事態が起こりえます。

つまり、書き手側からすると、「仕事として引き受けたけれど、個人的には原作がそれほど好きではない」ということになるわけですね。

もちろん、原作はメディアミックス展開されるような作品ですから、そこに何かしらの面白《おもしろ》さや売りがあるのは間違《まちが》いないのですが、ただ、それと個人の好みが合致するかとなると、そうならないこともままあるのです。

しかし。

この「コードギアス」という作品と私個人の関係で言わせていただけるならば、それはまったくの逆でした。

というより、送っていただいた資料に目を通した瞬間《しゅんかん》、もう幸せな気分になっていました。

——面白い。

心の底から面白い。まだ映像になっていないのに、すでに面白い。そもそも脚本自体がこんなに面白いとは何ごとだ⁉

実際、私自身、脚本や設定の段階でこれほど引きこまれてしまう作品にはあまり出くわしたことがなく、この辺りが谷口監督や大河内さんの凄《すご》さなんだろうなあとしみじみ述懐《じゅっかい》してしまいました（当時のスニーカー文庫の担当さんとの打ち合わせのときも、「なんか、変に小説化なんかせず、この脚本そのものを本にした方がいいんじゃ……」などというお話も出たくらいです）。

冒頭《ぼうとう》でも述べましたが、ノベライズ作者としてではなく、一ファンとしても、これだけの作品に巡《めぐ》り合わせてくださった関係者の方々に、本当に感謝しています。

ただし。

なんといいますか、ここからは個人的なわがまま、愚痴《ぐち》にすぎないのですが（笑）。

実は、ノベライズ作者として言わせていただきますと、あまりに面白すぎる原作というのも結構プレッシャーだったりするんですよね。

案の定、放映が始まると、世間では原作の人気がうなぎのぼりで、かなり精神的にも追い詰《つ》められました。原作を壊《こわ》してはいけない、ファンの人たちが納得《なっとく》できるものを書かなければいけない、それでいて、小説としても面白くなくてはいけない、どうしたものか——等々。

結果、かなりおっかなびっくりと申しますか、及《およ》び腰《ごし》で作業を進めていたのですが、そんなとき、製作サイドの方々との打ち合わせで、こんなお言葉が。

「いえ、そこまで萎縮《いしゅく》せずに、ある程度、自由にやってくださっていいですよ」

なんという懐《ふところ》の広さ……！

力みが嘘《うそ》のように消えました。

というより、そこから初めて素《す》の自分でこの「コードギアス」という作品と向き合えたような気がします。

あとは、この小説版がファンの方々にも幅広《はばひろ》く受けいれていただけることを祈《いの》るばかりです。

話は変わりますが、この文庫版「コードギアス」には、アニメで主人公ルルーシュ役を演じていらっしゃる福山潤さんが解説を付けてくださる予定になっています。こちらも本当に感謝です（でも、一方でファンの人に本文を読み飛ばされてしまうんじゃないかと戦々恐々《きょうきょう》）。

私自身も楽しみにしてます。

さあ、次の巻はいよいよアニメ本編のストーリーに突入《とつにゅう》。

彼らが、彼女たちが、あのとき何を考え、何に縛《しば》られ、何を目指して行動したのか。

そんな幾多《いくた》の思いが交錯《こうさく》する、もう一つのコードギアスの世界をお送りできたらと、いまはそれだけを考えています。

最後になりましたが、この本を手にとってくださったすべての方々に感謝をこめて。

平成十九年三月

岩佐　まもる

解説

ルルーシュ・ヴィ・ブリタニア役　福山　潤

衝撃的《しょうげき》でした。衝撃的という言葉が一番当てはまると思いました。突然《とつぜん》の切り出しで失礼いたしました。テレビアニメ・コードギアス〜反逆《はんぎゃく》のルルーシュ〜にてルルーシュを演じさせていただいております、福山潤《ふくやまじゅん》です。今回解説という形で筆を執《と》らせていただきます。こちらをお読みの皆様《みなさま》は本作品のアニメをご覧になっている方が大半だと思います。ですが、そうで無い方もいらっしゃると思いますので、今作の後のネタバレの要素を嫌《きら》う方には先にそういった内容が含《ふく》まれてしまう事をお詫《わ》びさせていただきます。

さて、冒頭《ぼうとう》に戻《もど》りますが、今作を読んだ時に私が受けた気持ちを一番簡単に表した言葉です。私は役者として本作品アニメに関《かか》わり、物語はこの作中より七年後のブリタニアに占領《せんりょう》された日本、エリア11が舞台《ぶたい》になります。ご覧になっている方々には今更《いまさら》な話ですが、今現在の私に与《あた》えられているルルーシュ達の子供時代の情報レベルは恐《おそ》らく現時点でアニメをご覧になっている方々と大差ないかと思います。

事象としての何が在ったかは作品にちりばめられたピースにて酌《く》み取り、演出にて与えられた情報で補完している事で、より知っているといえばそうなのですが、大きく見れば、確定情報として何が起こっていたかは知りませんでした。

ルルーシュとナナリーの、スザクとの絆の所以。日本で暮らすルルーシュとナナリーの閉じた世界。ブリタニアに負ける戦争の裏側に何があったのか。そしてスザクの父殺しの内幕。後の物語で謎《なぞ》と過去として散らされた点の事象にスポットを当てて線を繋《つな》いでいます。

それまで私がその事象を自分の想像の中で構築していたイメージを具象化してくれていました。合点《がてん》がいく、という表現に見事に合致《がっち》しました。それは七年前のルルーシュ達の状況《じょうきょう》や環《かん》境《きょう》、心情を綴《つづ》ってくれているからです。

ただ、衝撃的という表現で言うのはその事ではありませんが。

恐らく皆さんにとっても衝撃的だったと思われる、クルルギゲンブという人物にまつわるエピソード、それが衝撃を走らせました。

それ自体にもまだまだ明かされぬ事実が含まれていますが、スザクの父、アニメ本編では『最後の侍《さむらい》』となかば英雄《えいゆう》視されていた男の真実。彼の目的が何だったにせよ、ブリタニアとの戦争を回避《かいひ》不能にまで落とし込めた真犯人。たとえブリタニア皇帝《こうてい》がそれを必ず起こしたとしても、それでも弾《ひ》きがねを引いていたのはスザクの父。自らの意思で意志で欲望で、ようやく手に入れたルルーシュとナナリーの安住を奪《うば》い、その後に待つ修羅《しゅら》の道へ誘《さそ》ったのも、全《すべ》てが親友になったスザクのその父であるゲンブであるという、皮肉。

それを目《ま》の当たりにした時、今現時点で収録を終えたテレビアニメで起こってしまった全ての事々に哀《かな》しみともいえぬ感情を抱《いだ》いてしまいます。

あの外道《げどう》により全てが曲がってしまったのか、それとも、それすら巨大《きょだい》な歯車の一部でしかないのか。

ただの欲望で起こした行動だけではなく、裏に一体何が隠《かく》されているのだろうか、気になる事がまた新たに。

兎《と》にも角にも、スザクがゲンブを死に至らしめる事になったその状況、それを直隠して、己《おのれ》を封印《ふういん》して生きる事になったスザクの変化をこの時にもっと知る事が出来ていたら、ルルーシュとスザクの今後は変わっていたのかもしれない。ただ、解《わか》る事はナナリーの側《そば》にスザクを置こうとするルルーシュの思いはこの時に決定付けられていたのかもしれません。

何もかも違《ちが》う二人だからこそ、孤独《こどく》であるという点が互《たが》いを引き寄せ、そして、互いの父親の業《ごう》により引き離され、互いの業により対峙《たいじ》する事になる。

因果というべきか、運命、宿命どれでもない何かによって二人が歩む事になる茨《いばら》の道がこれより先に待つ。

読み進むにつれ、演じる立場の人間としていたたまれない気持ちが溢《あふ》れてくるようでした。

ナナリーを守る為《ため》にゲンブを手に掛《か》けたスザクにあの頑《かたく》なな矜持《きょうじ》を植え込んだ桐原の一言。

その刹那《せつな》のスザクにはまるで七年後にルルーシュが手に入れるギアスのような言葉だったのでしょう。トラウマというには業の深い己が犯《おか》した罪に七年間苦しみ、己に鍵《かぎ》をかけ、ただ死に場所を探して生きる事になるスザクに哀しみを感じざるを得ません。

そしてルルーシュには、幼くとも誰《だれ》よりモノが解り、見え過ぎる故《ゆえ》に、他人に甘える事なく、気を抜《ぬ》く事なく、ただ己の力で生き、たった一人の生きる希望を守る為に這《は》いつくばる姿に強き意志の力を感じました。

しかし、その背景にも、ただ守る、大切であるからというモノではなく、十歳の少年が向き合い負うには余りに厳しく、悲しい現実が突き詰《つ》められていました。ナナリーの世界には兄しかおらず、何よりその兄を頼《たよ》り、慕《した》うが故に、追い詰め縛《しば》る事になりつつあった、なっていたのでしょう。

ゲンブ死後の日本の首脳達、裏の者まで出ての画策がなされている中、少年と少女を照らす光は余りにも細く弱いものであり、それでも、その弱い光であっても、二人が三人となる事でそこに温《ぬく》もりと僅《わず》かな未来が彼らにはあったのではないかと想《おも》います。

しかし、差し迫《せま》る時と、互いが出会った処《ところ》から違《たが》えていた立場を越《こ》えて絆は深く、強固なモノへと育ちます。

だが確実に別れが迫る。けれどそれが迫ると共に少年達はその後の自分を決めるが如《ごと》く、早過ぎる覚悟《かくご》と成長を遂《と》げていく。

あの時一体何があったのか、彼らの物語の始まりを見た私の問いは、ここで明らかに、そして一本の線で繋がったように想います。全てが、そこに向かってのびていたのだと。

さて、解説とは言えぬ内容でこれを綴ってきてしまいましたが、皆様《みなさま》が如何様《いかよう》に今作を読まれたのか、私と同じような思いを受けたりしたのだろうか、多々書いてしまいましたが、恐《おそ》らくこちらを読んでいる時、自分は造り手だけではなく、一読者《いちどくしゃ》、一《いち》コードギアスファンとして読んでいたように思います。

そして皆様が読み、持った感想を想いつつ、ここで得た彼らの始まりと過去を胸に、まだまだ続くであろう彼らの闘《たたか》う場所へ赴《おもむ》いていこうと思います。

今作がより多くのコードギアスの目撃者《もくげき》達に読まれる事を想って。

コードギアス 反逆《はんぎゃく》のルルーシュ
STAGE《ステージ》-0《ゼロ》- ENTRANCE《エントランス》

ストーリー原案／
大河内《おおこうち》一楼《いちろう》・谷口《たにぐち》悟朗《ごろう》
著／岩佐《いわさ》まもる

角川文庫 14624

平成十九年五月一日　初版発行
発行者―井上伸一郎
発行所―株式会社角川書店
東京都千代田区富士見二―十三―三
電話・編集（〇三）三二三八―八六九四
〒一〇二―八〇七八
発売元―株式会社角川グループパブリッシング
東京都千代田区富士見二―十三―三
電話・営業（〇三）三二三八―八五二一
〒一〇二―八一七七
http://www.kadokawa.co.jp
印刷所―旭印刷　製本所―BBC
装幀者―杉浦康平

落丁・乱丁本は角川グループ受注センター読者係にお送りください。送料は小社負担でお取り替えいたします。

定価はカバーに明記してあります。

S201-1　ISBN978-4-04-422307-6　C0193

角川文庫発刊に際して

角　川　源　義

第二次世界大戦の敗北は、軍事力の敗北であった以上に、私たちの若い文化力の敗退であった。私たちの文化が戦争に対して如何に無力であり、単なるあだ花に過ぎなかったかを、私たちは身を以て体験し痛感した。西洋近代文化の摂取にとって、明治以後八十年の歳月は決して短かすぎたとは言えない。にもかかわらず、近代文化の伝統を確立し、自由な批判と柔軟な良識に富む文化層として自らを形成することに私たちは失敗して来た。そしてこれは、各層への文化の普及滲透を任務とする出版人の責任でもあった。

一九四五年以来、私たちは再び振出しに戻り、第一歩から踏み出すことを余儀なくされた。これは大きな不幸ではあるが、反面、これまでの混沌・未熟・歪曲の中にあった我が国の文化に秩序と確たる基礎を齎らすためには絶好の機会でもある。角川書店は、このような祖国の文化的危機にあたり、微力をも顧みず再建の礎石たるべき抱負と決意とをもって出発したが、ここに創立以来の念願を果すべく角川文庫を発刊する。これまで刊行されたあらゆる全集叢書文庫類の長所と短所とを検討し、古今東西の不朽の典籍を、良心的編集のもとに、廉価に、そして書架にふさわしい美本として、多くのひとびとに提供しようとする。しかし私たちは徒らに百科全書的な知識のジレッタントを作ることを目的とせず、あくまで祖国の文化に秩序と再建への道を示し、この文庫を角川書店の栄ある事業として、今後永久に継続発展せしめ、学芸と教養との殿堂として大成せんことを期したい。多くの読書子の愛情ある忠言と支持とによって、この希望と抱負とを完遂せしめられんことを願う。

一九四九年五月三日

いつも「スニーカー文庫」を
ご愛読いただきありがとうございます。
今回の作品はいかがでしたか？
ぜひ、ご感想をお送りください。

〈ファンレターのあて先〉
〒102-8078 東京都千代田区富士見2-13-3
角川書店 スニーカー編集部気付
「岩佐まもる先生」係
